Daniel Glattauer

# In einem Zug

Daniel Glattauer

# In einem Zug

Roman

DUMONT

*Für Lisi*

# Wien-Hütteldorf

Schräg gegenüber sitzt eine Frau mittleren Alters. Eher frühen mittleren Alters. Mehr kann ich vorerst nicht über sie sagen. Ich bin keiner, der schräg gegenübersitzende Frauen im Zug taxiert, schon gar nicht mittleren, geschweige denn frühen mittleren Alters.

Kinder ja, die kann man stundenlang anglotzen, ob im Zug oder anderswo, die merken das gar nicht, und merken sie es, dann stört es sie nicht, sie sind es gewohnt. Erwachsene späten mittleren Alters, wie ich, blicken beim Beobachten von Kindern immer gern und oft verklärt in ihre eigene Kindheit zurück oder in die Kindheit ihrer Kinder, wenn sie welche haben. Und wenn es Kindeskinder gibt, versuchen sie, sich in ihnen zu erkennen, überhaupt, wenn sie gerade sehr stolz auf sie sind.

Oder sie sind von der anderen Sorte, zählen zu den Erwachsenen mit den bösen Blicken, gramgebeutelt bei jedem günstigen Anlass. Als solche prüfen und missbilligen sie jede Art von neuer, in Mode gekommener, verkommener Kindheit. Oft schütteln sie den Kopf und suchen Gleichgesinnte in ihrer Umgebung, die ebenso den Kopf schütteln und genauso denken: Was soll aus diesen Kindern werden? So etwas hätte es früher nie gegeben. Früher hätte man … Aber das darf man ja heute alles gar nicht mehr laut sagen.

Egal. Jedenfalls schauen Erwachsene, ob solche oder solche, jederzeit ungeniert hin, wo Kinder im Spiel sind.

Auch die sehr alten Leute lassen sich während einer Bahnfahrt ungehemmt begutachten. Die meisten von ihnen mögen und schätzen das, oft fühlen sie sich endlich wieder wahrgenommen. Man sollte ihnen aber schon gelegentlich aufmunternd zunicken. So quasi: Bravo, gut gemacht, wirklich alt geworden und noch immer wacker, wenn auch wackelig im Leben beziehungsweise hier im Zug.

Vorsicht aber. Wenn man bei sehr alten Mitmenschen zu lange hinschaut, besteht die Gefahr, dass Worte eintrudeln. Zuerst trudeln sie ein, dann prasseln sie auf einen ein, dann muss man sie abwehren. Und plötzlich ist man heillos in ein Gespräch verwickelt, aus dem man nicht mehr rauskommt.

Denn mit dem Alter potenziert sich die Mitteilungsbedürftigkeit. Da sollte man schon im Hinterkopf haben, wohin die Reise geht. In meinem Fall nach München. Wir befinden uns aber erst irgendwo zwischen Wien-Hütteldorf und Sankt Pölten. Das wären dann, würde es blöd laufen, gute vier Stunden Deckung der Mitteilungsbedürftigkeit eines sehr alten Gegenübers. Also bei so einer Ausgangslage wäre es ratsam, besser erst gar nicht hinzuschauen.

Egal. Schräg gegenüber sitzt eine Frau frühen mittleren Alters. Schräg gegenüber deshalb, weil sie einen Fensterplatz im offenen Viererabteil eingenommen und gleich den Mund verzogen hat, als ich dazugekommen bin und sich die Möglichkeit andeutete, ich könnte den Fensterplatz vis-à-vis beziehen, in Tuchfühlung zu ihr, Auge in Auge, Kniescheibe an Kniescheibe.

Kurzer Einschub: Ich hasse es, dazugesetzt zu werden. Und ich hasse es, wenn man mir wen dazusetzt. Zum Beispiel im Kaffeehaus.

»Entschuldigung, ist bei Ihnen noch ein Platz frei?«

»Ja, es sind sogar zwei Plätze frei, denn ich gehe«, würde ich darauf gern antworten.

Aber ich mache es eleganter. Ich antworte: »Ja natürlich, gerne.«

Zum Kellner: »Die Rechnung bitte.«

Einmal war ich mutig und antwortete: »Nein, leider nicht frei, es kommt noch wer.«

Der Geschasste hat dann gleich am Nebentisch Platz gefunden und mit mir geduldig darauf gewartet, dass meine angekündigte Begleitung endlich eintrifft. Erst hat er richtig mitgefiebert, in der Folge konnte er sich nicht entscheiden, ob er in mir einen Lügner oder einen Loser sehen soll.

Ich bemühte mich redlich um eine glaubwürdige Darstellung der Loser-Variante und schaute immer wieder verzweifelt auf Armbanduhr und iPhone. Seine auf mich gerichteten Blicke begannen die tiefe Melancholie einer Mitleiderregung auszustrahlen. Da blieb mir nur noch aufzustehen und zu gehen.

»Sind's versetzt worden, gell?«, rief er mir nach.

Zurück zum Zug Wien–München: Ich konnte der Frau frühen mittleren Alters die Angst vor der Enge nachfühlen und setzte mich freiwillig auf den unattraktiveren Gangplatz schräg gegenüber von ihr. Ich machte es so schnell und entschlossen, dass sie annehmen konnte, das wäre mein gesuchter, gefundener, mich glücklich machender reservierter Platz. Sie sollte nicht das Gefühl haben, mir meinen Fensterplatz durch ihre Anwesenheit miesgemacht zu haben. Ich will niemanden beschämen. Ich will niemandem zu nahe treten. Und treten will ich schon gar nicht. So können wir wenigstens beide unsere Beine ausstrecken. Alles ist gut.

Was mir bald aus dem halb toten Winkel meines linken Auges auffällt: Die Frau macht das Gleiche wie ich – NICHT. Und zwar drei Dinge gleichzeitig. Sie liest nicht, sie hört nicht, sie schläft nicht. Kein Handy, kein Laptop, keine Ohrenstöpsel, kein Buch, kein Frauenmagazin, kein Männermagazin, kein Fachmagazin, kein

Unterfachmagazin, gar nichts. Und ihre Augen sind offen und wach. (Okay, ich habe einmal kurz schräg hinübergeschaut. Sie hat es nicht bemerkt. Oder so getan, als hätte sie es nicht bemerkt.)

Menschen, die einfach einmal nichts tun, fallen sofort auf. Denn wir leben in einer Zeit, wo man nach zehn Sekunden Nichtstun, also ohne multimedial vollstreckte Ablenkung, normalerweise in ein Loch fällt. Überhaupt im Zug, da fällt man in ein Loch und atmet Zugluft, das ist an sich eine ernst zu nehmende Vorstufe zur Depression.

Faktum: Die Frau und ich tun schräg gegenüber voneinander seit gut fünfzehn Minuten tatsächlich nichts. Das ist revolutionär. Wir demütigen damit den gesamten Streaming-Markt mit seinen soeben frisch für uns ins Netz gegangenen Milliarden neuen Bildern, Texten, Postings, Videos und Podcasts.

Spontan mutmaße ich, dass sie gerade der gleichen im Aussterben begriffenen Beschäftigung nachgeht wie ich: Denken. Vielleicht sogar Nachdenken. Aber dann bemerke ich etwas, ja, ich erwische sie förmlich dabei, als mein insgesamt zweiter Sekundenblick über sie hinwegstreicht: Sie tut fast nichts, aber sie tut doch etwas. Sie schaut mich an.

Frauen frühen mittleren Alters, die mich anschauen, machen das, da gebe ich mich keinen Illusionen hin, aus dem einen bestimmten Grund, der einem noch immer als erster einfällt, sicher nicht. Ich gehe sogar so weit zu behaupten, dass ich, seit ich an Frauen denken kann, noch nie von einer fremden Frau deshalb angeschaut wurde, weil sie praktisch nicht anders konnte, als optisch an mir haften zu bleiben, weil sie dachte: Wow, Wahnsinn, ich sehe wohl nicht recht!

Man kennt solche, ich sage einmal fressenden, Frauenblicke ausreichend aus der Filmwelt. Aber nicht nur. Es gibt Männer im realen Leben, denen passieren diese Blicke andauernd. Ein paar finden sich sogar in meinem engeren Bekanntenkreis, oder besser gesagt betrifft es die mittlerweile volljährigen Söhne von ihnen.

Mir ist so ein Blick jedenfalls noch nie passiert, und die Chance nimmt seit etwa zwanzig Jahren täglich ab. Frauenblicke, die an mir hängen bleiben, haben einen anderen Charakter. In der Sprache der Weinverkoster würde man mir die Begriffe »schal« und »abgestanden« zuordnen, wenn auch »nicht unharmonisch«. Aber es fehlt das Erfrischende, das Prickelnde. Da gab es schon bessere Jahrgänge. Solche Blicke kriege ich.

Darüber hinaus gibt es zwei Arten von Frauenblicken, mit denen ich mich seit Längerem konfrontiert sehe. Die eine Art sagt mir: »Du bist genau der Richtige.«

Das sind Frauen, die mir etwas andrehen wollen, ein Abonnement, ein Gewinnspiel, eine Rose für fünf Euro, einen Fragebogen, damit man endlich meine noch fehlenden Daten hat.

Und wollen sie mir nichts andrehen, dann wollen sie mir etwas abverlangen. Eine Unterschrift zum Schutz bereits so gut wie ausgestorbener Tiere. Die Zustimmung zur Rettung meiner Seele durch die religiöse Hintertür. Eine kleine Spende für etwas Wohltätiges, oft in eigener Sache. Solche Dinge. Das ist die eine Art von Frauenblicken.

Die andere Art ist spezifischer. Da geht es tatsächlich um mich als Person. Da werde ich ins Visier genommen, da stehe ich auf dem Prüfstand. Das sind konzentrierte, fokussierte, studierte Blicke. Dann wird es rasch verbal, und wir befinden uns mitten in der Millionenshow, bei der Fünfhundert-Euro-Frage.

So ein Blick trifft mich gerade. Deshalb weiß ich genau, was von schräg gegenüber im Zugabteil sogleich kommen wird. Ich bin vorbereitet, gelassen, ja, ich freue mich sogar ein bisschen darauf, ohne an die Konsequenzen zu denken.

»Entschuldigung, darf ich Sie etwas fragen?«, fragt die Frau.

Es folgt die kurze Phase, wo der Frauenblick staunende Züge, ja sogar dezente Anflüge von Faszination annimmt. Manchmal antworte ich sofort: »Ja, ich bin es.«

Damit erspare ich meinem Gegenüber die knifflige Ausformulierung und etwaiges Herumstottern. Diesmal koste ich es aus. Denn jetzt, wo ich sie ansehen kann, ja wo es geradezu ein Frevel wäre wegzuschauen, sehe ich sofort: Die Frau ist selbstbewusst, die schafft das auf Anhieb, die bringt das mit wenigen Worten rüber. Entweder kommt: »Sind Sie der Autor?«

Oder sie geht den direkten Weg und fragt: »Sind Sie Eduard Brünhofer?«

Oder, resoluter noch: »Sie sind Eduard Brünhofer, stimmt's?«

Oder, gleich auch den Zauber der Exklusivität dazugepackt: »Sind Sie *der* Eduard Brünhofer?«

Spinnen wir die Szene weiter. Ich werde antworten: Ja, das bin ich. Ich werde ihr zublinzeln, nicken, schüchtern schmunzeln, also nicht wirklich schüchtern, nur damit sie weiß, dass ich mir nichts darauf einbilde, Eduard Brünhofer zu sein. So quasi: Einer muss ja Eduard Brünhofer sein, *der* Eduard Brünhofer. In diesem Fall ich.

Ich werde aber ein bisschen überrascht tun, als wäre sie die Erste, die das Geheimnis Eduard Brünhofer gelüftet hat. Das freut sie sicher. Ich drehe es damit praktisch um: Das Besondere ist nicht, dass ich Eduard Brünhofer bin. Das Besondere ist, dass sie erkannt hat, dass ich Eduard Brünhofer bin. Ihre Leistung, ich bin hier nur Statist.

Ja, und dann gibt es mehrere Möglichkeiten, wie es weitergeht. Ihre Begeisterung über die Begegnung könnte sich als bahnbrechend erweisen, und sie sagt: »Sie sind es tatsächlich! Ich habe alle Ihre Bücher gelesen.«

Nachsatz: »Ich bin Ihr größter Fan.«

Oder wenigstens: »Ich bin ein großer Fan.«

Das passiert gar nicht so selten, auch jetzt noch. Okay, es ist schon einmal öfter passiert.

Na ja, und dann gibt es eben noch diverse Abstufungen. Zum Beispiel: »Einige Bücher von Ihnen finde ich ausgezeichnet.«

Ausgezeichnet. Sehr gut. Gut. Recht gut. Ganz gut. Gar nicht so schlecht. (Niemals würde ich nachfragen, welche.) Oder, wertneutral: »Ich habe schon einiges von Ihnen gelesen.«

Einiges. Manches. Weniges. Oder: »Ich habe erst kürzlich ein Buch von Ihnen gelesen.«

(Niemals würde ich nachfragen, welches, der Titel fällt ihr garantiert nicht ein.) Oder, schon weniger schmeichelhaft: »Ich habe erst kürzlich ein Buch von Ihnen in der Hand gehabt.«

Ehe es ihr aus den Fingern gerutscht ist. Oder, Worst Case: »Ich habe immer schon vorgehabt, etwas von Ihnen zu lesen. Welches Buch würden Sie mir empfehlen?«

Das würde dann in Knochenarbeit ausarten. Nein, ich würde möglichst freundlich erwidern: »Da fragen Sie am besten den Buchhändler oder die Buchhändlerin Ihres Vertrauens.«

Schreiten wir zum konkreten Ereignis. Die Frau frühen mittleren Alters im Zug, die ich jetzt, wo ich ihren Blick erwidere, natürlich schon näher beschreiben könnte, ich tue es aber nicht, denn um Äußerlichkeiten geht es hier nicht, diese Frau fragt: »Entschuldigung, darf ich Sie etwas fragen?«

Sie fragt es in einer Weise und mit einer Mimik und mit einem Glanz in den Augen, die mich vermuten lassen, dass sie schon einiges, wenn nicht alles, von mir gelesen hat und dass es ihr zumindest gut, wenn nicht sogar sehr gut gefallen hat.

Ich bin recht entspannt und antworte: »Ja, gerne.«

Jetzt ihre Frage: »Haben Sie früher in der Hegelgasse unterrichtet?«

Habe ich früher in der Hegelgasse unterrichtet? Den Schock muss ich erst einmal verdauen. Habe ich früher in der Hegelgasse unterrichtet? Habe ich nicht. Ich habe nie unterrichtet. Auch nicht in der Hegelgasse. Und »früher« schon gar nicht. »Früher« stört mich am meisten. Sie traut mir also nicht einmal zu, jetzt noch zu unterrichten, Hegelgasse hin oder her.

Ja genau, früher einmal, da hat er unterrichtet. Jetzt ist er im verdienten Ruhestand. Da fällt ihm natürlich die Decke auf den Kopf. Da setzt er sich in einen Zug und fährt nach München.

»Nein, habe ich nicht.« (Früher in der Hegelgasse unterrichtet.)

»Oh, Verzeihung«, sagt die Frau. »Ich hätte mir sicher sein können.«

»Tut mir leid. Da müssen Sie mich verwechselt haben.«

»Ja, Verzeihung.«

Sie dreht sich weg. Sie schüttelt den Kopf. Sie geniert sich. Ich bin der Grund für ihre Schande. Ich kann das jetzt nicht so stehen lassen.

»Wer dachten Sie, dass ich bin?«, frage ich.

»Mein Englischlehrer. Damals.«

»Englischlehrer?«

Ich tue so, als würde ich kurz nachdenken. Ich gebe ihr das Gefühl, dass es zumindest theoretisch möglich sein könnte. Dass es vielleicht gar nicht so weit von der Wahrheit entfernt ist. Das schwächt ihren Irrtum ab und mildert meine Schmach.

Aber letztlich bleibe ich stur.

»Nein, ich war niemals Englischlehrer.«

»Verzeihung, aber die Ähnlichkeit ist verblüffend.«

Das ist inzwischen bei mir angekommen. Ich habe vor, das Gespräch abzustellen. Es befindet sich in einer Sackgasse. Ich suche nur noch die geeignete Parklücke, aber Sackgassen sind meistens verstopft.

»Wie lange haben Sie ihn nicht gesehen, Ihren Lehrer?«

»Schon eine ganze Weile. Seit ich bei ihm maturiert habe.«

(Für München: »Abitur gemacht habe«.) Ich könnte natürlich nachfragen, wann das war, um zu erfahren, wie alt beziehungsweise jung sie ist. Aber wozu?

»Der sieht heute wahrscheinlich ganz anders aus.«

Keine Ahnung, warum ich das gesagt habe. Vielleicht will ich mich von ihm distanzieren. Ich wollte nie wie ein Englischlehrer aussehen, schon gar nicht zig Jahre danach.

»Er war mein Lieblingslehrer«, sagt sie.

Ich lächle. Das war entweder ein Trostpreis für ihren Irrtum oder ein echtes Kompliment. Sagen wir, das zweite. Ich erinnere sie an ihren Lieblingslehrer. Vielleicht nur zehn Jahre älter als sie. Ein Sunnyboy, Mädchenschwarm, bestimmt gebürtiger Brite, mit trockenem Humor, mit Sommersprossen auf den Schultern und rotem Haar.

Englischlehrer, O-Ton: I love beautiful Vienna, charming Hegelgasse, best school with the loveliest pupils of the world. Alle Herzen flogen ihm zu.

»Wie heißt er?«

Meine letzte Frage. Völlig irrelevant. Aber eine gute Gesprächsabrundung.

»Kowaricek. Magister Hubert Kowaricek«, sagt sie.

Oh, very british. Nein, der bin ich nicht.

# Sankt Pölten

Sie ist nicht ausgestiegen. Es ist leider auch niemand zugestiegen, dem wir unseren jeweiligen Nachbarplatz anbieten hätten können und der für Ablenkung gesorgt hätte. Wir sitzen ungehindert und ungestört einander schräg gegenüber, sind weiterhin bekennend tatenlos, wie sie, oder täuschen Beschäftigungen vor, auf die wir keine Lust haben, wie ich. Zumindest habe ich keine Lust darauf, mich mit den Unterlagen für München zu beschäftigen. Ich habe generell keine Lust, mich mit Unterlagen zu beschäftigen. Ich hasse Unterlagen. Ich hasse Terminvorbereitungen. Und am meisten hasse ich Terminvorbereitungen mit Unterlagen.

Überdies irritiert mich mein Schräggegenüber. Es gibt nichts Unangenehmeres – doch, es gibt natürlich jede Menge Unangenehmeres, aber man kann es sich in solchen Situationen kaum vorstellen –, es gibt nichts Unangenehmeres als Stillschweigen nach einem auf Verwechslung aufgebauten und kartenhausmäßig in sich zusammengefallenen Gespräch mit einer ehemaligen Englischschülerin eines Magister Herbert oder Hubert Kowaricek, die man nicht kennt, wenn man keinen Sinn darin sieht, etwas daran zu ändern, ihr aber auch nicht entkommt und keine Ahnung hat, wann sie aussteigt. Ich schätze Linz oder Salzburg. Doch bis dahin wird es dauern.

Außerdem wundert es mich. Es wundert mich wirklich. Ich meine, ganz ehrlich, ich lege überhaupt keinen Wert darauf, dass einem mein Gesicht etwas sagt. Normalerweise genieße ich es, nicht erkannt zu werden. Die Chancen dafür stehen grundsätzlich nicht schlecht, ich habe meine mediale Präsenz stets auf ein Minimum beschränkt. Ich liebe zwar die Menschen, ich liebe sie wirklich, aber eher schriftlich und durchaus in ihrer Abwesenheit. Physisch sollen sie mich bitte weitgehend in Ruhe lassen. Ich meide daher die Öffentlichkeit, wo es nur geht.

Hier im Zug geht es nicht, und diese Frau sitzt nun einmal da, schräg gegenüber. Ich habe ihr in die Augen gesehen. Und glauben Sie mir, sie ist genau der Typ Frau, sie ist geradezu der Prototyp Frau, der meine Bücher liest, der zwangsläufig auch meine Porträtfotos in den Buchumschlägen kennt. Und es grenzt daher an ein Ding der Unmöglichkeit, dass ihr zu meinem Gesicht nichts Besseres, oder sagen wir nichts anderes, als ein ins Alter gekommener Englischlehrer einfällt.

Übrigens glaube ich, sie kann meine Gedanken lesen. Denn sie hat schon vorher ein paarmal Luft geholt, es dann aber noch bei wertneutralem Seufzen belassen. Nun ist es so weit. Sie dreht sich frontal zu mir und sagt: »Aber irgendwie kommen Sie mir trotzdem bekannt vor. Verzeihung, dass ich Sie noch einmal …«

»Nein, das tun Sie nicht«, erwidere ich. Ich hoffe, sie hat »stören« gemeint.

»Kann es sein, dass …?«

Ganz bestimmt, aber das darf sie jetzt selbst ausformulieren. Ihre zweite Chance sozusagen.

»Kann es sein, dass wir uns schon einmal begegnet sind?«

»Begegnet?« Ich bin überrascht, aber aufgeschlossen.

»Ja, ich denke die ganze Zeit nach. Beim Wiener Opernball vielleicht?«

»Bedauere, ich gehe auf keine Bälle.« Jetzt probiert sie es sicher gleich mit dem Münchner Oktoberfest. Beim Kotzen kommen die Leute oft näher zusammen als beim Walzertanzen.

»Oder beim Berlin-Marathon im vergangenen September?«, fragt sie.

»Den Berlin-Marathon lasse ich meistens aus. Ich bevorzuge Wrestling auf dem Wiener Heumarkt.« Ich schmunzle. Sie lächelt halb belustigt. Ich glaube schon, dass sie die Pointe verstanden hat.

Jedenfalls bewundere ich nicht nur ihren Spagat zwischen Abitur, Tanz und Marathon, sondern auch ihre immense Anstrengung, mich bereits kennengelernt zu haben. Jetzt nimmt sie einen neuerlichen, fast schon verzweifelten Anlauf.

»Entschuldigen Sie, es ist sonst nicht meine Art, aber ich kenne Sie und weiß einfach nicht, wo ich Ihr Gesicht hintun soll.«

Beenden wir das Drama.

»Vielleicht in eine Buchhandlung.«

»Sind Sie Buchhändler?«

»Nein.«

»Sondern?«

»Ich schreibe Bücher.«

»Dann sind Sie …«

»Genau.«

»Schriftsteller?«

»Ja.«

»Und wie, äh … wenn ich fragen darf … ist Ihr …«

»Ich heiße Eduard Brünhofer.«

Die nachfolgende Pause haben wir uns verdient.

»SIE sind Eduard Brünhofer?« Ich werde ihren Blick jetzt nicht beschreiben. Zu schwierig, ich müsste ihn erst einmal selbst analysieren.

»Ja, der bin ich.«

»Da sitze ich ja neben einer Berühmtheit.«

Daneben nicht, schräg gegenüber, genau genommen.

Außerdem: »Berühmt bin ich nicht, höchstens bekannt.«

»Wahnsinn«, sagt sie. Ja richtig, das ist ihr Blick.

»Ich habe natürlich schon sehr viel von Ihnen … gehört.«

Gehört? Hörbücher? Ich bin verwundert, lasse es mir aber natürlich nicht anmerken. Wobei ich mit dem Nicht-anmerken-Lassen momentan ziemlich inflationär umgehe.

»Aber ich habe, das muss ich zu meiner Schande gestehen, ich habe noch nie etwas von Ihnen gelesen«, sagt sie.

Ich bin entsetzt, mehr über mich selbst. Eine derartige Fehleinschätzung hätte ich mir nicht zugetraut.

»Dafür muss man sich wirklich nicht genieren«, sage ich in angestrengter Demut und jenem Gefühlszustand, der nach dem Hochmut steil bergab geht.

»Ich lese nämlich fast nur Sachbücher, kaum … äh … Belletristik«, sagt sie.

»Das verstehe ich. Mir geht es genauso«, erwidere ich. Übrigens wahrheitsgemäß.

»Und wenn, dann lieber angloamerikanische und britische Literatur.«

Das hat bestimmt der Englischlehrer angerichtet.

»Wunderbar. Dann sind Sie ja ohnehin bestens versorgt«, sage ich.

Wir nicken uns gegenseitig zu, wie man es tut, wenn man vorhat, das Gespräch zu beenden, weil nun wirklich alles Notwendige gesagt zu sein scheint. Nein, sie nickt ein bisschen anders. Sie nickt so, als würde sie darauf warten, dass von mir noch etwas kommt. Und da will ich vorsichtig sein. Nicht dass sie nachträglich zu ihren Freunden sagt: Stellt euch vor, ich habe im Zug Eduard Brünhofer kennengelernt. Er wollte aber nur von seinen Büchern reden. Ich selbst war für ihn Luft. Er hätte mich wenigstens fragen können …

»Und Sie? Was machen Sie beruflich, wenn ich fragen darf?«, frage ich.

»Ich?« Okay, das war es offenbar nicht, worauf sie gewartet hat. Sie winkt auch gleich ab.

»Ach, das ist jetzt nicht so … Das ist natürlich bei Weitem nicht so interessant …«

»Das glaube ich nicht.« Musste ich sagen. Wollte ich auch sagen.

»Ich arbeite als … einerseits als Physiotherapeutin.«

»Ah«, erwidere ich.

Das Wort geht mir durch Mark und Bein, und instinktiv spanne ich meinen Beckenboden an, um mich zu vergewissern, dass er noch da ist. Physiotherapeuten haben bisher keinen festen Platz in meinem Leben gefunden, obwohl sie via hausärztliche Überweisung schon seit Längerem vehement an meine Tür klopfen und in mein Bewusstsein drängen. Einige Male habe ich es mit ihnen probiert. Nach längstens drei »Einheiten«, wie man ihre Folterstunden nennt, konnte ich mich stets aus ihrer Umklammerung befreien und mich als vorzeitig geheilt entlassen. Ich vertrage ihre Übungen nicht, auch nicht die schroffe Art ihrer Vorgaben und den Befehlston, in dem sie sich anschicken, die Kontrolle über meinen Körper an sich zu reißen. »Bis zum nächsten Mal machen Sie mir täglich …« waren jeweils ihre letzten Worte.

»Ich bin aber auch Psychotherapeutin«, ergänzt sie. Vermutlich hat sie gleich durchschaut, wie schwer ich mich mit dem rein Körperlichen tue.

»Interessant, und was ist da Ihr Spezialgebiet?«, frage ich vertiefend.

»Der Mensch«, erwidert sie. So genau wollte ich es gar nicht wissen. Jetzt lacht sie, und ich merke erst, auf welch taktisch hohem Niveau sich unser Bahngeplänkel befindet. Keiner von uns beiden will mehr oder noch weniger von sich verraten, als ihm der gute Ton der Höflichkeit vorschreibt.

Bei mir kommt erschwerend hinzu, dass ich langsam den Drang verspüre, Sie wissen schon. Der Kaffee in der Früh. Und wenn ich einmal langsam den Drang verspüre, kann ich an nichts anderes mehr denken, wodurch sich der Drang rapide beschleunigt. Besonders rasant wird der Drang immer dann, wenn ich gerade absolut keine Muße habe, ihm zu Ehren in die Hocke zu gehen, zum Beispiel um vier Uhr früh.

Derzeit bereitet mir die Formulierung einer fremden Therapeutin (schräg) gegenüber Kopfzerbrechen, mit der ich anzukündigen gedenke, des gewissen Dranges wegen gleich meinen Sitzplatz verlassen zu müssen. Zu meiner Frau, bei der ich mir kein Blatt vor den Mund nehmen muss, würde ich sagen: »Du, ich muss rasch aufs Häusl.« (Für München: »Örtchen«.)

Bei Freunden und Bekannten würde ich mir überhaupt jeden Kommentar sparen, ich stünde auf und ginge, und wenn ich gleich darauf entspannt zurückkäme, würde mich keiner fragen, wo ich war und warum ich mich nicht abgemeldet habe.

Aber wie unterbreche ich am geschicktesten die schleppende Höflichkeitskonversation mit einer Therapeutin, die mich zwar wie eine Verehrerin ansieht, doch noch nie ein Buch von mir gelesen hat? Sage ich: »Ich muss mich kurz entschuldigen?« Wofür? Was habe ich getan?

Oder sage ich: »Ich bin gleich wieder da.« Viel zu aufdringlich. Oder begnüge ich mich mit einem Halbsatz: »Ich muss nur schnell.« Oder: »Kurze Unterbrechung.« Oder: »Geht gleich weiter.« Oder: »Geht nachher nicht mehr weiter.« Oder: »Na dann.« Tschüss. Gute Fahrt. Schönes Leben. Keine Ahnung. Da richtet sie sich plötzlich auf und sagt: »Verzeihen Sie, ich muss mich kurz entschuldigen, ich komme gleich wieder.«

»Gute Idee, da werde ich mich gleich anschließen«, erwidere ich erleichtert. Sie lächelt irritiert. Ja, Reden ist insgesamt nicht meine Stärke, und wenn es dabei schnell auf schnell geht, treffe ich selten die passenden Worte. Deshalb bin ich langsamer Schreiber geworden.

»Und nachher muss ich Sie etwas fragen«, kündigt sie an. Ich nicke wertneutral.

Wir wählen entgegengesetzte Toilettenwege, sie geht Richtung München, ich zurück nach Wien.

Ich bin als Erster wieder auf meinem Platz und fürchte mich vor ihrer Frage. Denn ich rechne mit einer Frage aus dem Sortiment der »Grausamen Fünf« an einen Schriftsteller.

Erstens: Wie kommen Sie auf die Ideen für Ihre Bücher?

Zweitens: Wo schreiben Sie, wenn Sie schreiben, und warum dort?

Drittens: Schreiben Sie, wenn Ihnen was einfällt, oder haben Sie geregelte Schreibzeiten wie in einem Büro?

Viertens (besonders grausam): Sind Ihre Romane autobiografisch? Wie viel von Ihnen steckt in den Figuren?

Fünftens: Was lesen Sie selbst gerne, wer sind Ihre Lieblingsautoren? Diese Frage hasse ich am allermeisten. Erst vor wenigen Wochen wurde sie mir wieder einmal gestellt, und zwar im Rahmen einer Prostata-Vorsorgeuntersuchung vom soeben Gummihandschuh überstreifenden Arzt meines Vertrauens, der sich leider auch für Literatur interessiert. Artig zählte ich ein paar Namen und Titel auf, die mir gerade einfielen. Nach seinem kurzen Eingriff, Sie wissen schon, hätte ich mich gerne revanchiert und Folgendes gefordert: »So, lieber Herr Doktor, und jetzt verraten Sie mir Ihre drei persönlichen Lieblingsurologen.«

Zurück nach Wien–München. Die Therapeutin hat Platz genommen und rutscht sich in eine offensive Frageposition.

»Herr Brünhofer, was mich wahnsinnig interessieren würde: Wie wird man so ein erfolgreicher Schriftsteller wie Sie? Was macht Ihr Schreiben aus, worauf kommt es Ihnen an? Ich weiß, die Frage klingt ziemlich blöd, aber …« Wenigstens weiß sie es. Ich beschließe spontan, die Frage in meine Hitliste der Grausamkeiten gegenüber Autoren aufzunehmen.

»Es gibt keine blöden Fragen, nur blöde Antworten«, lüge ich schablonenhaft, um Zeit zu gewinnen. Tatsächlich spiele ich bereits mit dem Gedanken, den Zug leider schon bei der nächsten Station verlassen zu müssen. (Amstetten. Es wäre das erste Mal in meinem Leben.) Ich könnte aussteigen und den nächsten Zug nach München nehmen. Noch besser: Ich könnte aussteigen und im hinteren Waggon wieder einsteigen. Aber was, wenn sie mich dabei erwischt? Außerdem: Womöglich steigt sie sowieso in Amstetten aus, das wäre gar nicht so unrealistisch. Vielleicht ist sie Amstettnerin, das würde ihre Frage erklären. Also nichts gegen Amstetten, das möchte ich an dieser Stelle betonen. Ich befinde mich nur leider gerade in einer beinahe ausweglosen Gesprächssituation.

Ich entscheide mich für »Augen zu und durch« und antworte trotzig: »Die Frage ist natürlich, was Sie unter erfolgreich verstehen.« Betonung auf »Sie«. Ich gebe ihr alle Zeit der Welt, aber sie will es mir nicht erklären. Sie schaut mir lieber in die Augen, dabei verschwimmen ihre Pupillen und ziehen meine mit ins Tiefe, das hat schon leichten Hypnosecharakter. Sie meint, ich soll einfach weiterreden. Vielleicht glaubt sie sogar, es tut mir gut. Sie ist ja hier die Therapeutin, ich bin der Klient.

Also gut: Ich finde, man kann vier Arten erfolgreicher Autoren unterscheiden. Die einen sind schon erfolgreich, indem sie schreiben. Das sind die glücklichsten. Die brauchen sonst nichts. Ihr erstes Ziel ist erreicht, wenn sie geschrieben haben. Und ihr nachfolgendes Ziel ist es weiterzuschreiben. Diese Menschen beneide ich. Ihre Texte genügen ihnen. Sie selbst genügen sich.

Die anderen drei schreibenden Gruppen streben nach gesellschaftlicher Anerkennung für ihr Tun. Einige schaffen es, literarische Glanzlichter zu setzen. Ihr Erfolg definiert sich über Würdigungen in den Medien, früher, als noch Zeitung gelesen wurde, im Feuilleton, neuerdings in den hochkarätigen Literaturblogs oder Podcasts der digitalen Kanalschächte. Außerdem stauben sie die renommierten Buchpreise ab, da ist auch immer ein bisschen Geld dabei, aber im Wesentlichen geht es ihnen um die Wertschätzung der literarischen Qualität ihrer Texte.

Andere definieren Erfolg über Bekanntheit und Prominenz. Ihre oft mithilfe von Ghostwritern verfassten Bücher sind für sie nur Randprodukte ihres Aufenthalts im Rampenlicht, fungieren als Nebelleuchten ihrer persönlichen Strahlkraft. Oft kommen sie aus buchfernen Branchen, sind Ärzte, Juristen, Skisportler, Dachdecker, ganz egal. Dann werfen sie zum Beispiel die Dachdecker-Bibel *Schwindelfrei und trittsicher durchs Leben* auf den Markt. Mit dem Buch in der Hand setzen sie sich in jede Talkshow, so lange, bis sie eine eigene Sendung bekommen. Am Höhepunkt ihrer Karriere werden sie von jedem Menschen auf der Straße erkannt. Danach wird es still um sie. Erst Jahre später sieht man sie wieder – bei den »Dancing Stars«.

»Und Sie gehören der letzten Gruppe an?«, unterbricht mich die mir nun schon einigermaßen vertraute Frau frühen mittleren Alters schräg gegenüber.

»Wieso?«, frage ich. Ich konnte mich nicht zwischen »Wieso glauben Sie das?« und »Wieso wissen Sie das?« entscheiden.

»Weil man sich das Beste immer für den Schluss aufhebt«, sagt sie.

»Es ist nicht das Beste«, wehre ich mich. Sie lächelt. Ich habe es hier mit einem Psycho-Profi zu tun, der auch etwas vom dramaturgischen Aufbau einer Erzählung versteht. Jetzt zwingt sie mich allerdings zu dramaturgisch unangemessener Bescheidenheit.

»Also worüber definieren Sie Ihren Erfolg?«, bohrt sie nach.

»Über mein Publikum. Über Menschen, die meine Bücher lesen. Über Menschen, denen ich mit meinen Büchern Freude machen kann.« So. Das darf ruhig sitzen. Sie soll es spüren. So ergeht es einer, die noch nie ein Buch von mir gelesen hat.

»Und für die tut man dann alles?«

»Was meinen Sie mit alles?«

»Na ja, Sie schreiben ja dann nicht für sich selbst, sondern Sie schreiben für die anderen. Also schreiben Sie nicht, was Sie selbst schreiben wollen. Sondern Sie schreiben, was andere gerne lesen. Weil sie Ihrem Publikum eine Freude machen wollen.«

»Das ist beinahe richtig. Aber nicht ganz.«

»Was ist daran nicht ganz richtig?«

»Ich schreibe, was ich schreiben will. Und das deckt sich zum Glück mit dem, was andere gerne lesen.« Kurze Verschnaufpause. Ich stehe unmittelbar vor dem argumentativen Durchbruch. »Ja genau. Ich habe das verdammte Glück, dass es genug Menschen gibt, die gerne lesen, was ich gerne schreibe. Und ich glaube, exakt das macht meinen Erfolg aus. Weil Sie mich nämlich gefragt haben, wie man ein erfolgreicher Schriftsteller wird.«

Und ich es ihr hiermit punktgenau dargelegt habe. Ich lehne mich zurück. Gut gemacht. Amstetten kann kommen. Ich steige nicht aus. Ich fahre weiter. Ich fahre nach München, ob ich will oder nicht. Ich ziehe das durch. Niemand hält mich auf. Niemand hält mich ab.

# Amstetten

»Und Sie schreiben gerne über die Liebe?«, fragt sie mich.

Aber der Reihe nach: Wir hatten zwei Minuten Stationsaufenthalt am Bahnhof, das hat für Amstetten genügt. Kaum eine Tür hat gequietscht, kaum wer ist ausgestiegen, kaum wer ist zugestiegen. Von einem Schaffner fehlt jede Spur. Ein paar platzsuchende Gestalten sind an unserem Viererabteil vorbeigehuscht, ohne nennenswertes Interesse zu zeigen, einen der beiden freien Sitze zu ergattern.

Diese Plätze sind im Übrigen von einer schwarzen Frauenumhängetasche und meinem hässlichen, studentische Brotlosigkeit vortäuschenden Autorenrucksack gut abgesichert. Das ist die eine scharfe Diagonale in unserem Viereck. Die andere, jene unseres respektvoll-distanziert zusammengeschweißten gegenseitigen Schräggegenübers, steht sowieso unter Strom. Im Grunde ist unser Abteil hermetisch abgeriegelt und von der Außenwelt abgeschnitten. Kurzum: Keiner wagt es, uns nahe zu kommen, keiner will bei uns sitzen, und das ist gut so.

Vielleicht noch ein paar Worte zu der Frau. Nicht dass ich mich für sie interessieren würde, das steht mir nicht zu. Aber interessant finde ich sie irgendwie trotzdem. Ich kann nicht sagen, warum. Möglicherweise weil ich nicht weiß, wann sie aussteigt und wohin und in welches Leben. Mit ihrem Aussehen hat es nichts zu tun oder, sagen wir, nicht sehr viel, also nicht übermäßig viel. Man wird von mir jetzt sicher keine Schwärmereien hören, diese Zeiten sind vorbei. Obwohl.

Ich würde mir jedenfalls wünschen, dass sie mich nichts mehr fragt, dass wir einander still gegenübersitzen, jeder in seine eigene Welt versunken, dass sie gelegentlich zu mir herüberlächelt, gerne auch wertschätzend. Dass sie irgendwann aufsteht und sich verabschiedet, von mir aus in Linz, das wäre angemessen. Dass wir einander dann fast schon herzlich reserviert »Hat mich sehr gefreut« und »Mich auch« zuflüstern. Sie verlässt ihren Platz, entfernt sich ein paar Meter, ich hebe noch einmal so ein bisschen die Hand und werfe ihr einen knappen Blick nach. Sehr unprätentiös das Ganze. Dann steigt sie aus, steuert geradewegs auf das nächste Buchgeschäft im Bahnhofsfoyer zu, wendet sich an den Verkäufer oder die Verkäuferin und sagt: »Ich hätte gerne einen Roman von Eduard Brünhofer.« Verkäufer oder Verkäuferin: »Ja, gerne. An welchen hätten Sie gedacht?« Sie: »Welchen würden Sie mir zum Einstieg empfehlen?« Verkäufer oder Verkäuferin (verwundert): »Sie haben noch gar keinen Brünhofer gelesen?« Sie (verschämt): »Nein, ich … habe mich bisher eher nur mit … britischer Literatur befasst.« Verkäufer oder Verkäuferin: »Dann lesen Sie einmal: *Die zweite Begegnung*. Das war sein erster großer Bestseller.« Sie: »Sehr gut. Dann bitte *Die zweite Begegnung*. Vielen Dank für den Tipp.«

Aber nein. Sie bleibt. Sie schweigt nicht. Sie fragt mich stattdessen: »Und Sie schreiben gerne über die Liebe?«

»Ja, richtig, habe ich.«

»Jetzt nicht mehr?«

»Wie bitte?«

»Sie haben gesagt, Sie HABEN gern über die Liebe geschrieben. Jetzt also nicht mehr?«

»Doch. Sicher. Nur. Wissen Sie, ich habe schon länger nichts geschrieben, ich meine, kein Buch. Deshalb HABEN. Mein HABEN hat also nichts mit der Liebe zu tun.«

»Aha«, sagt sie. Pause. Hört sie auf? Sie hört nicht auf.

»Einige Ihrer Liebesromane waren große internationale Erfolge.«

»Ja.«

»Liebe ist international«, bemerkt sie.

»Kann man sagen.« Wir schmunzeln beide, als hätten wir soeben ein schmutziges Geheimnis gelüftet.

Es wäre vielleicht an der Zeit, ihr schonend beizubringen, dass ich nicht gern über meine Bücher rede. Schon gar nicht mit jemandem, der sie (noch) nicht gelesen hat. Weil es doppelte Arbeit für mich bedeutet. Zuerst schreibe ich, und dann muss ich mich auch noch erklären. Dabei schreibe ich doch extra, um mich nicht erklären zu müssen.

Man stelle sich den umgekehrten Fall vor. Jemand erzählt in aller Ausführlichkeit, mit Herzblut, mit aller ihm zur Verfügung stehenden Empathie eine Geschichte, stundenlang. Wenn er dann fertig ist, heiser, durstig, erschöpft, aber glücklich, wenn er zum Ende gefunden, alle Handlungsstränge zusammengeführt, alle offenen Fragen beantwortet, den alles abschließenden Punkt gesetzt hat, wenn er so richtig fertig ist mit seiner Geschichte, man stelle sich vor, dann passiert Folgendes: Eine Zuhörerin schräg gegenüber in der ersten Reihe wendet sich an ihn, fixiert seinen Blick mit ihrem und sagt: »Lieber Erzähler, ich interessiere mich wahnsinnig für die Geschichte, die Sie gerade erzählt haben. Ich habe aber leider nicht zugehört. Wären Sie so freundlich, die Geschichte für mich niederzuschreiben? Ich würde sie sehr, sehr gerne lesen.« So ähnlich ergeht es mir gerade. Und das sollte ich ihr mitteilen. Aber sie ist schneller.

»Was befähigt einen Autor, über die Liebe zu schreiben?« Es gibt Fragen, die klingen gescheiter als jede mögliche Antwort darauf.

»Was befähigt einen Autor, über die Liebe zu schreiben?«, fragt sie.

»Ihre Frage ist klüger als jede mögliche Antwort darauf«, erwidere ich.

»Danke. Probieren Sie es trotzdem«, sagt sie. Jetzt kehrt sie die Physiotherapeutin hervor.

»Also erstens …« So beginnt meine Antwort. Ich verwende gerne »erstens, zweitens«. Erstens lastet dann nicht die volle Verantwortung auf dem Erstgesagten. Zweitens muss man, wenn man »erstens« sagt, noch gar nicht wissen, was man »zweitens« sagen wird, man kann aber bereits darüber nachdenken und »erstens« erst dann beenden, wenn man »zweitens« vollständig im Kopf hat. Drittens kann man offenlassen, ob es noch ein »drittens« oder »viertens« geben wird, man ist also in gewisser Weise beantwortungselastisch. Viertens kann man spätestens bei »viertens« nochmals »erstens« wiederholen, weil das ohnehin von »zweitens« und »drittens« überschattet und vom Zuhörer längst vergessen ist. Fünftens kann man jederzeit aufhören, und immer ist die Frage erschöpfend beantwortet.

»Was befähigt einen Autor, über die Liebe zu schreiben?«

»Also erstens der Wunsch, es zu tun.«

»Sie meinen, es muss einem ein Anliegen sein.«

»Ja.«

»Und Ihnen ist die Liebe ein Anliegen.«

»Ja. Wem nicht?«

Sie lächelt.

»Und?«

»Was und?«, frage ich.

»Zweitens?«

»Zweitens?«

»Ja, Sie haben erstens gesagt, ich warte auf zweitens.«

»Zweitens sollte man eine Ahnung davon haben.«

»Von der Liebe?«

»Ja, das wäre gut.«

»Sie meinen Erfahrung?«

»Nein, ich meine Ahnung. Ahnung genügt fürs Schreiben. Man muss nicht alles erfahren haben, worüber man schreibt. Man muss nur eine Ahnung davon haben.«

»Von der Liebe.«

»Ja, zum Beispiel. Man muss sie sich vorstellen können. Die Vorstellung ist kräftiger als die Erfahrung. Die Vorstellung lebt von der Fantasie. Die Erfahrung macht sie zunichte.«

»Das ist gut, von wem ist das?« Das passiert mir öfter. Wenn ich einmal etwas Kluges sage, glauben die Leute postwendend, ich zitiere jemand anderen.

»Das ist von mir.« Jetzt würdigt sie es und wiederholt es mir zu Ehren.

»›Die Vorstellung lebt von der Fantasie, die Erfahrung macht sie zunichte.‹ Muss ich mir merken.«

Schön. Das wäre ein passendes Ende der Debatte. Gewesen.

»Und was stellen Sie sich vor, wenn Sie sich die Liebe vorstellen?«

»Stellen Sie immer solche Fragen?«, frage ich.

»Nur wenn mir ein berühmter Liebesromanautor gegenübersitzt. Diese Chance muss ich nutzen. Also, was stellen Sie sich vor, wenn Sie sich die Liebe vorstellen?«

»Ich stelle mir vor …«

»Ja?«

»Da muss ich nachdenken.« Es wäre eine gute Gelegenheit, sie beiläufig zu fragen, wann sie auszusteigen gedenkt, um abschätzen zu können, wie viel Zeit ich zum Nachdenken habe. Aber oft fehlt mir in letzter Konsequenz die Coolness.

Also was stelle ich mir vor, wenn ich mir die Liebe vorstelle?

»Ich stelle mir vor, wie es meinen Protagonisten dabei ergeht, was sie gerade so … empfinden, wenn sie sich …«

»Ineinander verlieben«, hilft sie mir. Beim »Verlieben« geht sie mit dem »i« sehr hoch hinauf, das »l« hat sie mit der Zunge von weit hinten am Gaumen nach vorne geholt. Ich glaube nicht, dass sie in Linz aussteigen wird. Ich sehe sie eher in Salzburg.

»Und was empfinden sie, Ihre Protagonisten, wenn sie sich ineinander verlieben?«

Sinnlos, hier länger nachzudenken.

»Den Anfang von allem, den Sinn von allem, das Innigste, Größte, Schönste, aber auch Zerbrechlichste«, sage ich. Geschrieben hätte ich es natürlich anders, bildreicher, detailfreudiger. Außerdem lässt sich »zerbrechlich« normalerweise nicht steigern, aber beim Verlieben kann man schon einmal eine Ausnahme machen.

»Und das können Sie Ihren Protagonisten nachempfinden?«, fragt sie.

»Ich versuche es.«

»Das können Sie sich vorstellen?«

»Ich bemühe mich darum.«

»Das hat Ihnen Ihre eigene Erfahrung noch nicht zunichtegemacht?«

Also zuhören kann sie, das muss man ihr lassen. Aber von meinen Liebeserfahrungen werde ich ihr jetzt sicher nicht berichten. Und den Schaffner geht das schon gar nichts an. Er steht nämlich gerade vor uns, ich möchte sagen, zu einem gar nicht ungünstig gewählten Zeitpunkt. Er steht vor uns und schweigt. Im nächsten Leben möchte ich Schaffner sein. Man muss kaum ein Wort reden, und alle wissen, worum es geht und was zu tun ist.

Sie kramt in ihrer Riesentasche herum, zieht ein paar gefaltete Blätter bedruckten Papiers heraus, reicht sie dem Kontrolleur und überlässt ihm die Entscheidung, was davon ein Fahrschein sein könnte. Daraus schließe ich, dass sie nicht sehr oft mit der Bahn fährt. Wahrscheinlich meistert sie ihre Strecken normalerweise per Marathon, nur Salzburg war ihr dann doch ein Stückchen zu weit.

Während ich dem Schaffner mein Klimaticket hinhalte – vielleicht zwei Worte zu seiner Person: Oberlippenbart, Pilotenbrille (mehr als zwei Worte hat er bisher auch nicht verloren) –, während ich ihm also meine Ausweiskarte hinhalte und sie gleich wieder zurückziehe und einstecke, klärt sich auf unspektakuläre Weise unser beider Zielfrage.

»Und wohin geht die Reise, Herr Brünhofer?«, fragt sie.

»Nach München.« Ich zähle, eins, zwei, drei, vier.

»Und Ihre?«

»Nach München.« Sie lächelt.

»Auch nach München«, schlussfolgere ich.

»Ja.«

»Sehr schön«, sage ich so was von automatisch. Sie nickt heftig mit dem Kopf. Ich glaube, sie wartet darauf, dass mir noch etwas Aussagekräftigeres als »Sehr schön« dazu einfällt.

Kurzer Einschub: Ich halte gleiche Wegstrecken zweier einander peripher bekannter Personen ohne vorherige Verabredung generell für besonders heikel. Wenn ich zum Beispiel in der U-Bahn einen peripher Bekannten treffe, weil es mir nicht gelungen ist, mich rechtzeitig wegzudrehen, dann spule ich mein auf Kurzstrecken angelegtes Notprogramm bewährter Alltagsfloskeln ab. Da sagt man: *Hallo, lange nicht gesehen. Das letzte Mal vor Corona. Ja, Corona, das war eine schlimme Zeit … Sonst alles gut? Und wie geht's Ihrer … richtig, der Brigitte. Die Kinder müssen ja jetzt schon … Und im Job alles beim Alten? Nein, kein neues Buch, aber ich bin dran. Und Urlaub? Ah, Sizilien, sehr schön, da wollen wir auch schon länger … Ja, die italienische Küche … Du, ich muss leider raus. Tschüss. Man sieht sich.*

Nun kann natürlich sein: Der peripher Bekannte muss ebenfalls aussteigen, die Verabschiedung erweist sich als ungültig und wird nach draußen in den Stationsbereich verlegt. Da kenne ich peripher Bekannte, die würden dort noch ewig mit mir herumstehen, um mir die schönsten Plätze und besten Restaurants in Sizilien zu verraten und sie allenfalls mit den entsprechenden Links per WhatsApp zu dokumentieren, wozu sie freilich erst meine aktuelle Telefonnummer bräuchten. Nein, nicht mit mir! »Du, ich muss leider«, sage ich, bevor es so weit kommen kann.

Restrisiko: Der peripher Bekannte fragt mich, welche Richtung ich einzuschlagen gedenke. Zufällig, so zeigt sich dann, hat er den gleichen Weg wie ich, im schlimmsten Fall sogar das gleiche Ziel. Da ergibt sich die Gelegenheit, unser auf zwei Minuten übelsten Word-Raps angelegtes Gespräch zu vertiefen. Aber tiefer wird es nicht, im Gegenteil, es wird seichter und seichter, Schritt für Schritt. Ich resigniere bald und schweige. Ihm bleibt immerhin Sizilien. Ich lerne neben dem aktiven auch den passiven Ätna kennen, irre in den Katakomben von Syrakus herum, werde bei fünfundvierzig Grad zum Verweilen am Strand von Cefalù genötigt. Und am Ende wünsche ich mir nur noch einen Paten aus Palermo her, der den peripher Bekannten auf seine Art zum Schweigen bringt. Das kann passieren, wenn zwei Personen, die einander kaum mehr oder noch nicht wirklich kennen, ohne vorherige Verabredung …

»Beruflich oder privat?«, fragt sie.

»Wie bitte?«

»Fahren Sie beruflich oder privat nach München?«

»Eher beruflich.« Eher deshalb, weil Schriftsteller eigentlich kein Beruf ist, zumindest nicht für mich. Schriftsteller ist ein Zustand, der auch in Ruhelage andauert. Ein Lichtschalter, der immer angeknipst bleibt, auch wenn das Licht mitunter aussetzt und zu erlöschen droht, wogegen man eigentlich anschreiben sollte.

»Und Sie?«

»Ich? Privat.« Sie lächelt. Sie lächelt oft. Ihr Lächeln gibt es in verschiedenen Varianten. Das werde ich später einmal genauer ausführen, wenn wir endlich wieder Sprechpause haben.

»Familie?«, frage ich. Ich komme nicht dazu, mich über meine Frage zu wundern.

»Nein. Keine Familie. Ein …« Sie denkt nach. »Ein Freund.«

»Ah«, sage ich. Freund ist natürlich ein dehnbarer Begriff, aber so, wie sie es sagt und wie sie dabei dreinschaut, geht es wohl eher in die aufwühlende Richtung, schätze ich. In ihrem Blick entdecke ich zudem eine Geste der Einladung an mich nachzufragen, nach dem Freund. Ich tue es aber nicht, es geht mich wirklich nichts an. Obwohl, interessieren würde es mich schon.

»Und? Bleiben Sie länger in München?«, frage ich. Komischerweise denke ich da bereits an die Rückfahrt im Zug.

»Das kommt darauf an.«

»Worauf?«

»Wie sich die Dinge entwickeln.« Zweifelsfrei die Dinge mit dem Freund. Damit ist schon einiges verraten.

»Und Sie?«

»Ich fahre morgen Nachmittag wieder zurück.«

»Schon?«

»Ja. Ich habe in München nur einen Termin.«

»Der muss aber wichtig sein«, sagt sie.

»Geht so«, erwidere ich. Ich will gar nicht daran denken.

»Finde ich aber schön«, sagt sie.

»Was?«

»Dass ein Herr Eduard Brünhofer für einen Tag München den Zug nimmt und nicht das Flugzeug.«

Wenn mir wer das Flugzeug bezahlt hätte, hätte ich es schon genommen. Aber das bleibt bei mir.

»Der Umwelt zuliebe«, sage ich. Sie darf es mir glauben oder nicht.

»Und mir zuliebe, sonst würden wir uns jetzt nicht gegenübersitzen.«

SEHR GEEHRTE FAHRGÄSTE, IN KÜRZE ERREICHEN WIR LINZ.

Schräg gegenüber, genau genommen.

LLLADIES AND GENTLLLEMAN, WE SOON ARRIVE LLLINZ.

# Linz

*Linz. Ein schöner Name. Schöner als Wien und München. »Wien« klingt wehleidig, wegen dem langen »i«. Bei »München« krankt es am plumpen »ünch« in der Mitte. So macht die Sprache Stimmung und provoziert Vorurteile, die mit der Zeit und mangels Widerspruch in Urteile übergehen. Die Wiener und Wienerinnen sind wehleidig, die Münchner und Münchnerinnen sind plump. Und was sind die Linzer und Linzerinnen? Lassen Sie es uns herausfinden. Welche drei Worte fallen uns – analog zu Wiener Schnitzel, Blut und Walzer sowie zu Münchner Weißwurst, Bank und Wies'n –, welche Worte fallen uns als Allererstes zu Linz ein?*

*Linzer Torte. Linzer Auge. Linzer Schnitte.*

*Klare Angelegenheit, die Linzer und Linzerinnen sind süß.*

Ich sitze allein im Viererabteil und mache mir Notizen (siehe oben). Es klingt vielleicht nicht danach, aber es ist harte Arbeit, eigentlich sogar brutale Arbeit, denn ich schreibe in der Hoffnung, dass mir etwas einfällt, das unbedingt lustig sein soll. Statt dass mir etwas einfällt, das lustig ist und das ich deshalb unbedingt schreiben will. Warum ich es mache? Das ist eine längere, unerquickliche Geschichte. Nur so viel: Es hat mit meinem Termin in München zu tun.

Meine Frau, also nicht meine, sondern die mir per Zufall oder schicksalhafte oder sogar göttliche Fügung zugewiesene Viererabteil-Partnerin, vertritt sich gerade die Beine oder schnappt durch eine offene Zugtür Linzer Bahnhofsluft. Ich habe mich mit ihr bereits angefreundet oder zumindest mit dem Gedanken an sie, mit dem Gedanken, dass sie mir bis München erhalten bleibt. Ja, ich gestehe, dass ich mittlerweile froh bin, dass sie da ist. Sie lenkt mich ab, sie beschäftigt mich, zwar nur ein bisschen, aber es reicht aus, um die andere Beschäftigung, die große, intensive, die eingeforderte, die überfällige Beschäftigung, an den Rand zu schieben, an den Hirnrand. Dort geht wenig Wirkung von ihr aus, dort belastet sie mich nicht.

Jetzt kommt sie übrigens gerade zurück, nicht die Beschäftigung, sondern die Frau. Wir begrüßen uns wie alte Freunde, die einander fünf Jahre nicht gesehen haben. Ich interpretiere einen Anflug von Erleichterung in ihren Gesichtsausdruck hinein, dass es mir gelungen ist, unser beider Nebensitze fahrgastfrei zu halten.

Ihre Kleidung will ich jetzt nicht extra beschreiben. Nur so viel: Es handelt sich dabei mehr um Outfit als um Gewand. Sie will damit veranschaulichen, dass sie eine gute Figur hat, unterstelle ich ihr. Sie lässt also so ein bisschen die Berlin-Marathon laufende Physiotherapeutin heraushängen.

Von ihrer Schultermuskulatur allein könnte ich mir freilich schon einiges abschauen, um nicht zu sagen eine Scheibe abschneiden. Aber ich finde es ohnehin an der Zeit, dass die Kräfte zwischen Männern und Frauen gerechter verteilt werden, nicht nur am Monatsende in der Geldbörse, sondern gerne auch physiognomisch betrachtet.

Wiederum andererseits: Ihr Freund in München, auf den es ankommt, wie lange sie dortbleibt, hat wahrscheinlich doppelt so voluminöse Arme wie sie Oberschenkel. Denn es gilt die Faustregel: Sportliche Frauen zieht es zu muskulösen Männern. Muskulöse Männer zieht es zu sportlichen Frauen. Unsportliche Frauen zieht es zwangsläufig zu unsportlichen Männern. Aber, jetzt das große Paradoxon: Unsportliche Männer zieht es zu sportlichen Frauen. Wer bleibt auf der Strecke? Unsportliche Frauen. Obwohl unsportliche Frauen niemals so unsportlich in Erscheinung treten wie unsportliche Männer. Es ist noch längst nicht alles gerecht zwischen den Geschlechtern.

»Darf ich Sie etwas Persönliches fragen, Herr Brünhofer?«

Jäh werde ich aus meiner Gedankenwelt gerissen.

»Darf ich Sie etwas Persönliches fragen, Herr Brünhofer?«, fragt sie mich.

Dazu drei Anmerkungen: Erstens habe ich großen Respekt vor Fragen, für die erst um Erlaubnis gebeten werden muss. Zweitens habe ich noch größeren Respekt vor Fragen, von denen schon warnend vorweggenommen wird, dass es sich um »etwas Persönliches« handeln wird, mit denen man also möglicherweise tief in meine Privatsphäre einzudringen trachtet.

Drittens, der Kontrapunkt: »Herr Brünhofer«. Das passt nicht zu »etwas Persönlichem«. Das drängt mich in eine Expertenrolle über mich selbst. In aller Sachlichkeit sucht sie nach dem persönlichen Menschen hinter Herrn Brünhofer, dem bekannten Autor, dessen Bücher von allen Frauen frühen mittleren Alters gelesen werden, mit einer einzigen Ausnahme – der Fragestellerin.

»Darf ich Sie etwas Persönliches fragen, Herr Brünhofer?«, fragt sie.

Eher nein, ich will eigentlich nicht, dass sie mich etwas Persönliches fragt. Aber was wäre die Alternative? Will ich, dass sie mich etwas Unpersönliches fragt? Denn fragen wird sie. Will ich nach meiner Meinung zur Neuregelung der Grunderwerbssteuer bei Übertragungen innerhalb der Familie gefragt werden? Will ich mit ihr über die Bedeutung der sachgemäßen Entsorgung leerer Helium-Einwegflaschen für das Erreichen der im Kyoto-Protokoll festgelegten Klimaziele diskutieren? Sollen Wellnesshotels nur noch im weißen Bademantel betreten werden dürfen? Paketzustellung per Fahrradboten, gut oder schlecht? Maschinelles Gemüseentsaften, ja oder nein? Mausefalle pro oder kontra, oder keines von beidem? Die heißesten Urlaubstipps für Sizilien. Und zum Schluss, wie immer, ein ausführlicher Blick auf das Wetter von heute und morgen. Soll uns diese wässrige Themenmelange bis nach München begleiten? Wäre mir das lieber?

»Darf ich Sie etwas Persönliches fragen, Herr Brünhofer?«

»Ja, natürlich.«

»Leben Sie in einer festen Beziehung?«

»Sie meinen …«

Das kann sie nämlich nicht ernst meinen, aber sie meint es.

»Ja, ob Sie in festen Händen sind.«

Feste Hände, wie das schon klingt. Unentwegt bemüht er sich auszubrechen, aber feste Hände halten ihn zurück. Angestrengt versucht er, sich aus der Umklammerung zu befreien, aber feste Hände haben ihn im Griff. Verzweifelt schnappt er nach Luft, aber feste Hände schnüren ihm die Kehle zu.

»Warum fragen Sie?«

»Weil es mich interessiert.«

»Das wundert mich.«

»Warum wundert Sie das?«

»Was kann für Sie so interessant daran sein, ob ich in festen Händen bin oder in losen Händen oder in gar keinen?«

»Das können Sie sich nicht vorstellen?«

»Nein.«

Das konnte ich vielleicht früher einmal, in grauer Vorzeit, beim Signieren in Villach oder in Ludwigslust, Mecklenburg-Vorpommern. Vor einigen Jahren wäre es schon einigermaßen überraschend gewesen. Vor wenigen Jahren war es zumindest noch denkmöglich. Und heute? Natürlich, äußerst schmeichelhaft. Aber leider.

»Nein, das kann ich mir nicht vorstellen. Das müssen Sie mir erklären.«

»Es gibt für mich nichts Interessanteres als die Frage, in welcher Beziehung ein Mensch zu einem anderen Menschen steht …«

Aha. Ein Mensch zu einem anderen. Hochinteressant. Nicht böse sein, aber das klingt aus dem Munde einer Frau, die mich mit persönlichen Fragen bombardiert, ungefähr so persönlich wie die Sache mit der Grunderwerbssteuer.

Sie hat es erkannt und bessert nach: »Und, wenn es sich um eine feste Beziehung handelt, wie intensiv und sich selbst genügend so etwas sein kann. Das beschäftigt mich. Da muss der Mensch noch nicht einmal ein berühmter Liebesromanautor sein. Obwohl es in diesem speziellen Fall natürlich noch um einiges interessanter ist. Deshalb frage ich Sie, wenn ich Sie schon einmal hier habe«, sagt sie.

»Warum ist es bei jemandem, der Liebesromane schreibt, interessanter als bei jemandem, der keine Liebesromane schreibt, sondern lieber Sudoku-Rätsel auflöst?«

Mir gefallen ja meine Fragen besser als ihre.

»Weil man, um Liebesromane schreiben zu können, die Fantasie der … warten Sie, wie war das … die Fantasie zur Vorstellung von Liebe braucht, die aber von der Erfahrung zunichtegemacht wird, sagt ein gewisser Herr Brünhofer. Deshalb wäre es interessant für mich zu wissen, wie es um die Erfahrung des selbigen Herrn Brünhofer steht.«

»Und Sie glauben, von den festen Händen meiner Frau auf meine Erfahrung in der Liebe schließen zu können?«

»Ich glaube gar nichts, ich frage nur. Sie haben also eine Frau?«

»Ich *habe* sie nicht, eine Frau hat man nicht, eine Frau ist kein Besitz.«

Jawohl. Macht Spaß, das einer sicherlich hochemanzipierten Therapeutin für Physio und Psycho darlegen zu dürfen. Die Botschaft kann sie gerne in die festen Hände ihres Turnlehrers in München legen, also an den Freund weiterreichen, für den sie eigens anreist. Und wenn sie es unbedingt wissen will: »Meine Frau und ich, wir sind schon eine halbe Ewigkeit verheiratet. Glücklich verheiratet.«

»Schön, das freut mich sehr für Sie beide. Eine halbe Ewigkeit. Wahnsinn.«

»Ja. Wahnsinn.« Wir atmen durch.

»Aber wissen Sie, was mir auffällt?«, fragt sie.

»Nein.«

Ich weiß nur, was *mir* gerade auffällt. Die Stimmbänder der Frau schräg gegenüber haben sich in leichte Angriffslaune geschwungen. Und ihre Blicke aus moosfarbenen Augen, es handelt sich um eher bläulich dunkelgrünes Moos, versenden erste kleine Nadelstiche. Also, was fällt ihr auf?

»Sie begnügen sich nicht mit *verheiratet.* Sie sagen ausdrücklich *glücklich verheiratet.* Und Sie sind nicht der Einzige. Meine Praxis ist voll von glücklich Verheirateten. In der Lebenskrise.«

Ich habe keine Lebenskrise, höchstens eine Schaffenskrise. Und ich befinde mich auch nicht in ihrer Praxis, obwohl es mir langsam so vorkommt.

»Ich will die Ehe ganz bestimmt nicht schlechtreden und schon gar nicht Ihre, Herr Brünhofer …«

»Das beruhigt mich. Aber?«

»Aber ich habe noch nie jemanden sagen hören: ›Ich bin seit vielen, vielen Jahren glücklich ledig.‹ Ich höre immer nur: ›Ich bin seit vielen, vielen Jahren glücklich verheiratet‹, egal ob Mann oder Frau. Das klingt wie eine Rechtfertigung, wie eine Selbstschutzmaßnahme. Als müssten sie sich Mut zusprechen. Als müssten sie sich zum Weitermachen, zum Durchhalten zwingen. Ich bin zwar schon eine halbe Ewigkeit verheiratet, aber ich halte eisern daran fest, noch immer glücklich zu sein. Oder ich bin wie durch ein Wunder glücklich geblieben, obwohl ich schon eine halbe Ewigkeit …« Sie unterbricht sich. »Wieso sagen Sie nichts?«

Wieso sage ich nichts? Weil ich sie lieber beobachte und belächle, möglichst nett und ohne Spott. Ein bisschen das Lebensweisheitsamüsement auspacken, ein bisschen den Erfahrungsvorsprung in die Waagschale werfen. Sie mag eine gute Therapeutin sein. Aber was will sie mir von der Ehe erzählen? Was will sie mir überhaupt erzählen?

Im Übrigen hat sie mir noch gar nichts erzählt. Sie hat mich bisher nur mit persönlichen Fragen gelöchert und ihre vagen Schlüsse gezogen. Das muss sich ändern. Von nun an frage nämlich ich.

»Und Sie?«

»Ich?«

»Ja, Sie. Sind Sie noch glücklich ledig? Oder schon glücklich geschieden?«

Sie schmunzelt anerkennend. Danke, es war mir ein Vergnügen.

»Ach wissen Sie«, sagt sie.

Kurz glaubt sie, dass ich mich damit zufriedengebe. Aber ich reiße die Augen auf, starre sie an und warte geduldig.

»Meine Geschichte ist nicht so interessant«, sagt sie. Sie lächelt. Variante drei, kokett und hundertachtzig Grad ironisch, also die Antithese zu ihren Worten. Das bedeutet natürlich: »Meine Geschichte ist hochinteressant.« Die vollständige Lächelanalyse wird nachgereicht, spätestens bis Attnang-Puchheim sind wir durch. Jetzt muss ich zuhören.

»Was Beziehungen betrifft, bin ich tatsächlich ein hoffnungsloser Fall«, sagt sie.

Lächeln drei.

»Inwiefern?«

»Mit mir hält es keiner aus.«

Lächeln drei.

»Immer wenn es ernst wird, hört sich der Spaß für mich auf.«

Kluger Satz. Kein Lächeln.

»Ich bin einfach nicht fähig zur dauerhaften Bindung.«

Lächeln drei. Der Satz ist mir übrigens sattsam bekannt, von meiner Tochter, sie verkündet ihn in Monatsabständen seit sicher zehn Jahren. Mittlerweile ist sie über dreißig und fast schon erwachsen. Bei ihr schwingt noch immer die pure Lebensfreude mit, wenn sie stolz vom aktuellen Anlass für ihre vermeintliche Bindungsunfähigkeit berichtet. Sie hat da nämlich gerade wieder jemand Neuen kennengelernt.

Von meiner Frau schräg gegenüber, die mir eigentlich einmal ihren Namen verraten könnte, erfahre ich zwischen Marchtrenk und Wels: Sie hat es wirklich probiert. Sie hat immer wieder neue Anläufe genommen. Ihr Rekord steht bei vier Jahren.

»Immerhin«, sage ich.

»Das war eine Fernbeziehung, nur deshalb«, erwidert sie.

Er war Gourmetkoch in Köln. (Nichts gegen Köln, aber hier schmecke ich einen leichten Widerspruch, eine gewisse Schizophrenie heraus.)

Das Schöne mit ihm war, abgesehen von den Fünf-Gänge-Menüs plus Wein- und Bettbegleitung, stets der Übergang von der Ferne in die Nähe. In der Gegenrichtung, von der Nähe in die Ferne, feierten sie dann jeweils ihre wiedergewonnene Freiheit. Eine Weile genoss sie die in den Zwischenzeiträumen aufkeimende Sehnsucht nach ihm, ehe die Ferne in Stille und die Stille in ewiges Schweigen überging.

Spannend soll die Anfangszeit mit einem Therapeutenkollegen gewesen sein.

»Was war das Spannende daran?«, frage ich.

»Wir hatten großartigen Sex.«

»Aha«, erwidere ich, möglichst leidenschaftslos.

(»Großartiger Sex« steht bei mir unter weitaus größerem Heuchelei-Generalverdacht als »glücklich verheiratet«).

Aber sie hatten mitunter auch gute Gespräche. Es krankte nur zunehmend an der Themenauswahl. Was er daheim seiner Frau erzählte, war ihr egal. Doch was er ihr bei ihren Dates über seine Familie erzählte, das wollte sie irgendwann nicht mehr hören.

Dann gab es noch einen gewissen Bernd, den sie beim Paris-Marathon kennengelernt hatte. In der Liebe erwies er sich freilich als Meister der Kurzstrecke.

»Und dann noch Luis«, sagt sie.

»Was war da die Verbindung?«, frage ich.

»Ein Theaterabonnement«, erwidert sie.

»Na bitte«, sage ich. (Gemeinsame Kultur ist oft die solidere Basis als vermeintlich großartiger Sex.)

»Was war das Problem?«

»Er ist einfach schon zu alt auf die Welt gekommen«, sagt sie.

Und er ist eben auch in ihrem Beisein nicht jünger geworden, obwohl sie sich bis zuletzt aufopfernd darum bemühte.

»Gab es noch wen?«, frage ich.

»Ja, Dominic.« Beim zweiten »i« seines Namens geht sie mit der Stimme bereits herunter.

»Und?«

»An die Zeit mit ihm kann ich mich nur noch dunkel erinnern. Es war Winter.«

Scheint eine klassische Novemberbeziehung gewesen zu sein, die über die finsteren Monate auf Eis gelegt wurde und im März dahinschmolz, als man sie aufzutauen versuchte.

Schlussendlich gab es noch einen gewissen, einen gewissen, aber dieser Name fällt ihr leider beim besten Willen nicht mehr ein.

»Inzwischen habe ich es aufgegeben.«

»Was?«

»Den Glauben an die Möglichkeit einer dauerhaften Beziehung mit Ehemann und Kindern und allem Drumherum.«

Sie lächelt. Variante zwei, halb ironisch. Ein Mundwinkel gehoben, der andere gesenkt. Ihre Lippen zeichnen eine Wellenlinie, ein Auf und Ab an Freude und Traurigkeit. Ich darf es mir aussuchen.

»Und Ihr Freund in München?«

»Welcher Freund?«

»Den Sie besuchen.«

»Ah der.«

Lächeln zwei.

»Was ist mit ihm?«

»Erzähle ich Ihnen vielleicht später.«

»Und was erzählen Sie mir jetzt?«

»Gar nichts. Ich möchte Sie lieber etwas fragen.«

»Muss das sein?«

»Ja.«

»Aber bitte nichts Persönliches.«

»Sehr persönlich ist es nicht, das verspreche ich.«

»Okay.«

»Sind Sie auch hungrig?«

Wirklich eine originelle Frage. Darauf wäre ich nie gekommen.

»Bin ich hungrig? Doch, ich denke, ja.«

»Soll ich uns etwas vom Speisewagen holen?«

»Das wäre nett. Da sage ich nicht Nein.«

»Ein Sandwich?«

»Ja, gern.«

»Welches?«

»Egal.«

»Käse?«

»Ja, gern.«

»Oder Ei?«

»Auch gut.«

»Oder lieber Schinken?«

»Was Sie kriegen.«

»Ich entscheide, was ich kriegen kann.«

Sie lächelt. Es ist Variante eins, ihr Hauptlächeln. Große Strahlkraft, verteilt sich von den Augen ausgehend über das gesamte Gesicht. Kein Anflug von Ironie, volle Überzeugung. Ihre Worte soeben können es nicht besser belegen, und für mich besteht kein Zweifel daran: Sie entscheidet, was sie kriegen kann.

# Wels

Wenn sie zurückkommt, werde ich sie fragen, wie sie heißt. Was den Vornamen betrifft, tippe ich auf einen Klassiker, wahrscheinlich Anna oder Hannah. Maria wäre zu heilig für sie. Für Petra oder Doris ist sie noch zu jung, für Leni, Emily und Sophie schon zu alt. Anna, ja, wahrscheinlich heißt sie Anna.

Ob ich ihr das Du-Wort anbieten werde, lasse ich noch offen. Ich scheue diesen Vorgang. Jede Form des Du-Wort-Antrags wandelt nämlich auf dem schmalen Grat der unwillkürlichen Zwangsbeglückung. Oft strecken einem Menschen, deren Nachnamen man nicht kennt oder gerade vergessen will, aus dem Nichts die Hand entgegen und sagen: »Ich bin übrigens der Johann, der Martin, der Bruder Jakob, das Fräulein Trude, die Manu, die Lieselotte, du kannst aber gerne Liese oder Lotte oder Lotti sagen, wenn dir das besser gefällt.« Da heißt es, die Contenance zu bewahren und zu erwidern: »Sehr erfreut, und was mich betrifft, bleiben wir gern bei Doktor Müller.«

Dazu kommt die Vorrangregel der Jahrgänge, die besagt, dass stets die ältere Person das Du-Wort-Angebot zu eröffnen hat und der jüngeren dann nichts anderes übrig bleibt, als es anzunehmen. Das kann dazu führen, dass Teenager, zum Beispiel die Kinder neuer Freunde, die mit aus der Zeit gefallenen Fossilien meinesgleichen keine drei Worte reden wollen, plötzlich »Edi« zu mir sagen müssten, was sie natürlich niemals über die Lippen bringen, eher ließen sie sich einen Cheeseburger auf die Wange tätowieren. Aber egal.

Ich vergegenwärtige mir übrigens gerade die Haltestelle Wels, stehe, wie schon angedeutet, unter einem gewissen Zugzwang, was München betrifft, und horche in mich hinein, ob mir zu Wels, außer dem Fisch, vielleicht etwas Lustiges einfällt. (Fünf Sekunden Nachdenkpause.)

Nein, mir fällt nichts Lustiges ein. Wels ist zwar in aller architektonischen Bescheidenheit die zweitgrößte Stadt Oberösterreichs, dem Bundesland mit dem wohlgefälligsten Volk Österreichs und mit dem besten Geschmack für gute Bücher, wenn ich an meine früheren Absatzzahlen und die vielen gefeierten Auftritte dort denke.

Wels selbst ist aber relativ unlustig. Man assoziiert Welser Messe, Welser Volksfest und Welser Möst (den Dirigenten), der schon nichts mehr mit Wels zu tun hat, also schließen wir das Kapitel ab. Ich greife in meinen Rucksack und ziehe die Unterlagen für meine Terminvorbereitung heraus. Aber nur bis zur Hälfte, denn im Hintergrund taucht bereits die Silhouette dieser außergewöhnlichen Frau auf, der das Kunststück gelingt, sich für meine Liebe zu interessieren, aber nicht für meine Bücher.

»Bitte sehr, Schinken-Käse Ei«, sagt sie und überreicht mir einen Festmeter Baguette. Ich habe einen Zehneuroschein auf das Zugfensterpult gelegt, den sie mit Verachtung zurück zu mir hinüberschiebt.

»Sie dürfen mich dann später auf ein Glas Wein einladen«, sagt sie. Lächeln eins. (Zur Erinnerung: Sie entscheidet, was sie kriegen kann.) Würde mir mein Realitätssinn nicht im Wege stehen, könnte ich meinen, sie hätte etwas mit mir vor.

Während des Speisens wird nicht geredet, womit ich zwar an sich gut leben kann, aber ich mag es nicht, wenn mir jemand im stillen Raum beim technisch anspruchsvollen Sandwichessen quasi in Tuchfühlung beiwohnt. Ich traue mich dann nicht, ordentlich zu-

zubeißen, neige zu unnatürlichen, überdehnten, vorsichtig abfedernden Kaubewegungen und scheue mich zu schlucken, was bemüht dezente Unterdrückungsgeräusche zur Folge hat und den Genuss hemmt, möglicherweise auch den ihren.

Kurz überlege ich, meine Terminunterlagen doch noch hervorzukramen, um mich dahinter zu verstecken. Aber dabei liefe ich Gefahr, postwendend auf sie angesprochen zu werden. Was studieren Sie denn da so angeregt, Herr Brünhofer, wenn ich fragen darf? Nein, das darf sie nicht, denn ich will es ihr jetzt wirklich nicht erklären.

Sie hat aber ohnehin bereits ein himmelblau umhülltes X-Large-Smartphone aus der Handtasche gezogen, sie ist eben offenbar auch nur ein Mensch.

Sosehr es mich selbst stresst, länger als zum Überleben notwendig in so ein Ding hineinzuschauen, um zu erfahren, wofür es sich im Augenblick gerade lohnt, auf der Welt zu sein, so gerne beobachte ich Menschen, deren Blicke mit ihren Bildschirmchen verschmelzen und die alles andere rundherum vergessen.

Ja, die Handysucht hat etwas Anmutiges. Während uns vor Betrunkenen ekelt, uns Drogenjunkies leidtun und uns um Borderliner angst und bange wird, strahlen die Onliner, selbst deren hoffnungsloseste Fälle, stets friedlichen Gleichmut und ein harmonisches Einssein mit sich, der gerade angesagten Verschwörung und dem Warenkorb aus.

Mein Schräggegenüber dürfte ein harmloser Fall sein, von Suchtverhalten keine Spur. Sie wischt mit elegantem Schwung ihres Zeigefingers ein paarmal gelangweilt über das Display, tippt lustlos ein paar Befehle ein, runzelt einmal die Stirn, lässt einige Male ein je hauchdünnes Lächeln, Variante vier – andere hätten stattdessen gegähnt –, über ihre Lippen huschen. Das war es dann aber auch. Schon lässt sie das Handy in ihre Tasche gleiten und hebt den Kopf in meine Richtung.

»Sie haben also bereits fünfzehn Romane geschrieben, sehe ich.«

Ich überspiele meine tiefe Betroffenheit und sage: »Mit den Jahren kommt einiges zusammen.«

»Ihr letztes Buch war *Tanz im Eis*.«

»Ja.«

»Guter Titel.«

»Danke, ist vom Verlag.«

»Klingt wie *Ganz in Weiß*.«

»Ja, das war eines der Argumente, vom Verlag.«

»Ist aber schon eine Weile her.«

»Was?«

»Dass das Buch erschienen ist. Dreizehn Jahre.«

»Wirklich? Wahnsinn. Wie die Zeit vergeht.«

Und wenn sie mich jetzt fragt, warum ich dreizehn Jahre keinen Roman geschrieben habe, dann ist mir alles egal, dann kriegt sie: Gut Ding braucht Weile. Oder: Kommt Zeit, kommt Buch.

»Und …«

Sie zögert.

»Sagen Sie ruhig«, erwidere ich.

»Ihre Frau heißt Regina.«

Ich staune über ihre Interessensgebiete. Sie lächelt. Lächeln, Variante fünf. Zugekniffene Augen, leicht gerümpfte Nase, Schulmädchenstreich.

»Ja, ich weiß.«

»Regina Brünhofer – sehr schön«, sagt sie.

»Danke, ich werde es ihr ausrichten.«

Idealer Zeitpunkt:

»Und wie heißen Sie?«

»Ich?«

Sie hat schon wieder ihren inszenierten Ach-das-ist-nicht-so-interessant-Blick aufgesetzt, schwenkt aber rechtzeitig um.

»Ich habe einen sehr komplizierten Namen.«

»Ja? Und zwar?«
»Catrin Meyr.«
»Kompliziert?«, frage ich.
»Versuchen Sie einmal, meinen Namen zu schreiben. Sie sind ein berühmter Schriftsteller, aber Sie werden kläglich scheitern.«
»Wie schreibt man Sie?«, frage ich.
»Wie würden Sie mich schreiben?«
»Kathrin mit K und th.«
»Zwei Fehler«, sagt sie.
»Und zwar?«
»Zuerst mein Nachname.«
»Ich tippe auf Maier mit ai.«
»Falsch.«
»Mayer mit a und y?«
»Falsch.«
»Meyer. M-e-y-e-r?«
»Falsch.«
»Dann Meier mit ei.«
»Falsch.«
»Machen Sie das bei Ihren Amtswegen auch so?«, frage ich.
»Was?«
»Dass Sie die Schalterbeamten raten lassen.«
»Lenken Sie nicht ab. Also, wie schreibt man mich?«
»Mir fällt nichts mehr ein.«
»Probieren Sie es ohne e vor dem r.«
»Ah so, klar. Also M-a-i-r.«
»Falsch.«
»Dann M-a-y-r.«
»Falsch. Mit e!«
»Also M-e-i-r.«
»Falsch.«
»Dann bleibt nur noch M-e-y-r.«

»RICHTIG. Sie haben es im letzten Versuch geschafft. Herzliche Gratulation.«

»Und Ihr Vorname?«

»Ich verkürze es. Weder Kathrin mit K und th. Noch Katherine mit K, th und stummem e am Schluss. Noch Katrin mit K und ohne h.«

»Dann Catherine mit C, th und stummem e am Schluss.«

»Weder Catherine mit C, th und e am Schluss. Noch Cathrin mit C und th. Noch Caterine mit C, ohne h und mit e am Schluss.«

»Sondern?«

»Catrin. C-a-t-r-i-n. Ich heiße Catrin Meyr. So einfach und doch so schwierig.«

Sie hat sich gut auf den Punkt gebracht.

»Sehr schön«, sage ich.

Beherzt beiße ich noch einmal in mein niemals enden wollendes Baguette. Wortspielereien machen mir immer gute Stimmung. Das war schon so, als ich zum *Scrabble* noch Ribiselwein getrunken habe.

»Ich bin also die Catrin«, verkündet sie feierlich.

»Sehr erfreut, und ich bin der …« Ich strecke ihr langsam und vorsichtig die Hand entgegen

»Eduard? Ich darf tatsächlich Eduard zu Ihnen sagen?«

»Zu dir«, korrigiere ich.

»Ja klar, zu dir.«

»Oder Edi«, schlage ich übermütig vor.

»Nein, Edi geht gar nicht. Ich hatte einmal einen Freund, der hieß Edi. Bleiben wir bei Eduard.«

»Gut.«

»Gut.«

Verschnaufpause. Wir sind uns gerade ein Stück nähergekommen, also ist es an der Zeit, wieder ein Stück voneinander abzurücken. Catrin schaut zum Fenster raus und sieht Schwanenstadt vorbeiziehen. Das kann man unkommentiert so stehen lassen.

Ja.

So ist es.

In einem Zug.

Von Wien.

Nach München.

Schön, wenn einmal keiner etwas sagt, keiner und keine. »Stillbeschäftigung« nannte man das in der Schule. Wurde inzwischen vom Internet abgelöst.

Ich habe mich immer schon gerne still beschäftigt. Dabei bin ich auf meine besten Gedanken gekommen. Man braucht nämlich nicht zu glauben, dass einem die guten Gedanken zufliegen. Die muss man herbeidenken. Dazu muss man sich still mit ihnen beschäftigen, still und ausdauernd.

Das Problem: Man kann sich nur Gedanken herbeidenken, die irgendwo auch schon in einem drinnen sind. Man muss sie also in seinem Inneren suchen. Gerade als Schriftsteller kann es einem leicht passieren, dass man verzweifelt nach guten Gedanken sucht, die aber gar nicht in einem drinnen sind. Man sucht und sucht und sucht, aber man findet sie nicht.

Erschwerend kommt hinzu, dass man nie weiß, ob man die guten Gedanken nicht findet, weil sie gar nicht in einem drinnen sind oder weil sie sich einfach so verdammt gut versteckt haben. Oft sind sie zugeschüttet von anderen, qualitativ minderwertigen Gedanken, von dem ganzen Werbescheiß, der einem ständig durch den Kopf schießt, der sich oft schon in dicken Schichten über die guten Gedanken gelegt hat. Man muss die guten Gedanken also nicht nur suchen, man muss förmlich nach ihnen graben, sie erst freischaufeln. Das ist mühselige Arbeit, noch dazu reine Kopfarbeit, und dann kommen die Physiotherapeutinnen, die Catrins dieser Welt, und sagen, du solltest mehr für deinen Körper tun. Und vielleicht etwas weniger denken. Haha.

Die Frage ist freilich auch, wie lange man den guten Gedanken Zeit gibt, sich zu zeigen, also zu beweisen, dass sie in einem drinnen sind. Eines kann ich dazu aus Erfahrung sagen: Dreizehn Jahre sind wahrscheinlich zu viel.

Ich bewundere die Kolleginnen und Kollegen, deren gute Gedanken so dicht und zugänglich sind, dass sie sie jederzeit abschöpfen und folglich jedes Jahr ein neues Buch auf den Markt werfen können, das vor guten Gedanken nur so strotzt.

Natürlich kann man zu seinen Gedanken auch folgende Einstellung haben: Ich bemühe mich redlich, meine besten Gedanken herbeizudenken, aber ich werde nicht lange nach ihnen suchen. Wenn ich sie nicht bald finde, dann nehme ich eben die zweitbesten oder drittbesten. Oder die erstbesten, die mir in den Sinn kommen. Das hätte ich vielleicht machen sollen. Die Masse ist sowieso dankbar für jeden erstbesten Gedanken, der möglichst flach daherkommt, damit man bequem auf ihn aufspringen kann. Darum auch die Millionen Posts in den asozialen Medien jeden Tag.

Aber wenn man einmal dreizehn Jahre auf der Suche nach seinen besten Gedanken ist, dann bringt man es schwer übers Herz, Gedanken zu nehmen, die einem schon dreizehn Jahre an der Oberfläche herumtanzen. Außerdem kann man ja nie wissen, ob man seinen allerbesten Gedanken nicht bereits dicht auf den Fersen ist, ob sie nicht morgen bereits durchschimmern bis zum Sehnerv und man sie übermorgen vollständig wird freilegen können im Gehirn. Denn eines ist klar: Wenn sie in einem drinnen sind, die guten Gedanken, dann leben sie und entfalten sich, einmal entdeckt, in voller Blüte, auch noch nach dreizehn Jahren. Dann muss man sie nur noch niederschreiben.

»Eduard?«

»Ja?«

Ich schrecke auf, fühle mich ertappt. Habe ich geschlafen? Habe ich geschnarcht?

»Eduard, weißt du, was mich interessieren würde?«, fragt Catrin.

»Nein.«

»Wie habt ihr euch kennengelernt?«

»Wer?«

»Du und Regina.«

»Ich und meine Frau?«

»Ja. Wie?«

»Warum?« Ich habe es anders ausgesprochen. »Waaaaaaaarum?«, habe ich gefragt.

Ich verstehe es nämlich wirklich nicht, ja, es ist mir ein Rätsel. So etwas kann doch nicht das Erste sein, worüber man mit jemandem reden will, wenn man gerade erst per Du mit ihm geworden ist. Also warum?

»Weil es mich interessiert.«

»Warum interessiert es dich?«

Arbeitet sie an einem Forschungsprojekt über Ehefrauen von Schriftstellern, deren Bücher sie nicht gelesen hat?

»Weil ich wissen möchte, wie man sich kennenlernen muss, damit man eine halbe Ewigkeit zusammenbleibt.«

»Ich glaube nicht, dass wir deshalb schon eine halbe Ewigkeit zusammen sind, weil wir uns so kennengelernt haben, wie wir uns kennengelernt haben.«

»Bist du in deinen Büchern, wenn es um Liebe geht, auch so unromantisch? Das kann ich mir nicht vorstellen. Das kauft ja keiner. Da geht es sicher um einiges heißer her.«

Was ich ihr jetzt nicht sage, sondern nur denke: Warum soll es in unserem Zugabteil zwischen Wels und Attnang-Puchheim heiß hergehen, noch dazu unter Zuhilfenahme meiner Erinnerung ans

Kennenlernen von Regina? Aber wenn sie die Geschichte unbedingt hören will, soll sie sie kriegen.

Es war bei einer Silvesterparty. Auf einer Almhütte. In Tirol. Wir beide kannten uns nicht. Regina war die beste Freundin der neuen Freundin meines Freundes Wolfgang. Ich sah sie und wusste – gar nichts. Außer dass sie mir gefiel. Optisch. Sehr sogar. Außergewöhnlich. Eine Frau, bei der man hinschaut und nicht mehr wegschauen kann. Zumindest ich konnte es nicht. Das hat auch David bemerkt.

»Wer war David?«

»Ihr Freund.«

»Sie hatte einen fixen Freund?«

»Damals war er fix.«

»Und der war mit?«

»Ja, leider.«

»Und du? War deine Freundin vielleicht auch dabei?«

»Susanne? Nein. Die war daheim.« Das habe ich nur gesagt, damit sie mich so giftig anschaut, wie sie mich gerade anschaut. Jetzt die Erklärung.

»Wir hatten schon Wochen vorher Schluss gemacht.«

»Warum?«

»Wir hatten uns auseinandergelebt.« Furchtbar abgedroschen, aber es gibt keine treffendere Formulierung, ich habe es oft probiert in meinen Romanen.

»Das kenne ich. Wie lange hat es mit Susanne gedauert?«, fragt Catrin.

»Das Auseinanderleben? Das ging rasch.«

»Ich meine die Beziehung.«

»Vier Jahre.« Das erste Jahr war richtig gut. Im zweiten Jahr hofften wir, dass es wieder so gut wird. Im dritten Jahr zogen wir zusammen. Im vierten Jahr zogen wir uns zurück, aber nicht gemeinsam, sondern jeder und jede für sich. Gemeinsam war nur noch die Wohnung, wo es geschah.

Nun wieder zum Silvester auf der Almhütte.

»Wie bist du an Regina herangekommen?«

»Über David, ihren Freund.«

Ich hatte keine andere Wahl, ich musste mich mit ihm unterhalten, den ganzen Abend. Regina stand daneben und würdigte mich keines Blickes. Sie war voll auf ihre Arbeit mit David konzentriert. Sie war seine Leitstelle, sie lenkte seine Gespräche, half ihm beim Argumentieren, nickte, wenn er länger am Wort war. Sie stand unter enormem Druck. Sie war sein Selbstwertgefühl.

Wir haben viel über Bücher geredet. David und Regina hatten Kommunikationswissenschaften studiert, sie arbeitete als Assistentin an der Uni, er war auf Jobsuche. Ich hatte gerade meinen ersten Roman veröffentlicht, mit bescheidenem Erfolg. Aber ich war trotzdem stolz, ich hatte das Gefühl, dass ich besser dastand als er. Obwohl er neben Regina stand.

Später ging es um Musik. Ich mochte damals den frühen Britpop. David schwärmte vom Jazzrock der Siebzigerjahre, von Weather Report, Soft Machine und dem Mahavishnu Orchestra. Da schlief Regina ein bisschen das Gesicht ein. Ich fragte sie, was sie gern hörte. Das ging ganz in meine Richtung: The Smiths, Blur, The Verve, Pulp. Und außerdem, ihre absolute Lieblingsband, die musste sie mir zuflüstern, die war nicht für Davids Ohren bestimmt: The Beautiful South. Das war unser erstes Geheimnis.

»Und weiter?«, fragt Catrin.

»Nichts weiter.«

»Habt ihr getanzt?«

»Nein, ich tanze nicht.«

»Also was geschah zu Silvester?« Ich mag ihre Ungeduld. Sie ballt sogar leicht die Fäuste.

»Nichts geschah. Du wolltest wissen, wie wir uns kennengelernt haben. So haben wir uns kennengelernt.«

Kurzer Einschub: Natürlich werde ich gleich weitererzählen. Ich merke nämlich, und das überrascht mich selbst, wie sehr ich diese Geschichte noch immer liebe. Es hat mich nur schon ewig niemand mehr danach gefragt. Anfangs haben wir uns in kurzen Intervallen gegenseitig daran erinnert, Gina und ich. Und wir haben natürlich unsere Musik gespielt, immer und immer wieder. Mit den Jahren dann seltener. Irgendwann kaum noch. Bis wir uns endgültig daran sattgehört hatten. Schade zwar, aber es gab zum Glück neue Musik, die wir beide mochten. Sie erzählte uns andere, ruhigere und etwas ernsthaftere Geschichten.

»Und weiter?«

Im darauffolgenden März gab es anlässlich Reginas Geburtstag ein großes Fest. David hatte mich eingeladen. Nein, es war nicht David, sondern Gina selbst, wie ich erst später erfuhr. Inzwischen hatte ich mich Hals über Kopf in sie verliebt.

»Ohne sie in der Zwischenzeit gesehen zu haben?«

»Ja.«

»Wie ging das?«

»Es war nicht schwierig. Ich musste nur ihre Lieblingsbands hören und unsere Silvesterfotos anschauen.«

»Und was geschah auf dem Fest?«

David war verkrampft, er rückte keinen Millimeter von Reginas Seite. Er hatte Angst um sie. Er tat mir leid. Unsere Gespräche waren daher ein fauler Kompromiss aus dem, was ich ihr sagen wollte, und dem, was ich sagen durfte, ohne David zu brüskieren. Ich hielt mich also zurück und wartete auf den Höhepunkt des Abends, bis sie die Geburtstagsgeschenke auspackte. Denn mein Geschenk war besonders, das wusste ich.

»Und zwar?«

»Zwei Konzertkarten für The Beautiful South in Stuttgart am 9. Mai.«

»Für sie und dich?«, fragt Catrin.

»Nein, für sie und David.«

»Perfide.«

»Überhaupt nicht. David hatte eine Chance. Sollte er sie nicht nutzen, hatte ich eine Chance.«

»Wie hat sie reagiert?«

»Wie ich es mir gewünscht habe.«

»Und zwar?«

»Sie hat mich entdeckt.«

»Hat sie sich in dich verliebt?«

»Noch nicht in mich. Aber in mein Gefühl für sie.«

Wir telefonierten einige Male, einfach nur, um unsere Stimmen zu hören. Und man konnte sich mit den ersten kleinen Steinzeit-Handys und den wuchtigen PCs, die mittlerweile in fast allen Büros herumstanden, sogar schon kurze Mitteilungen schreiben, »Memos« hießen sie. Da schrieben wir uns sinngemäß:

Ich: Freust du dich schon aufs Konzert?

Sie: Sehr sogar! Danke! Das tollste Geschenk aller Zeiten!!!

Ich: Und David?

Sie: Er hat noch kein Wort dazu gesagt.

Ich: Vielleicht muss er sich erst einhören in The Beautiful South.

Sie: Ich glaube, es ist eine Qual für ihn. Er macht es nur mir zuliebe.

Und schließlich, eine Woche vor dem Konzert.

Sie: Ich will dir nur sagen, dass es aus ist mit David.

Ich: Echt? Was ist passiert?

Sie: Er hat mir die Mörderszene gemacht.
Ich: Wieso?
Sie: Wegen dem Konzert. Und wegen dir.
Ich: Wieso wegen mir?
Sie: Können wir einmal reden? Hast du Zeit?
Ich: Klar, ich habe immer Zeit. (Für dich.)
Sie: Danke.
Ich: Und was ist mit dem Konzert?
Sie: Ich fahre trotzdem nach Stuttgart.
Ich: Und die zweite Karte?
Sie: Vielleicht finde ich noch eine Freundin. Oder …
Ich: Oder?
Sie: Du?
Ich: Ist das dein Ernst?
Sie: Ja. Willst du?
Ich. JA!!!!
Sie: Super!!!!!!!

Am 9. Mai war ich mit Regina beim Konzert von The Beautiful South im Theaterhaus Stuttgart.

»So hat unsere Beziehung begonnen«, sage ich nun im Zug von Wien nach München zu einer wohl Lichtjahre vom Glanz meiner Sternstunden entfernten, aber rührig um Annäherung bemühten Zuhörerin namens Catrin Meyr.

»Wie genau?«, fragt sie.

»Was wie genau?«

»Wie war das?«

»Was?«

»Das beim Konzert. Zwischen dir und ihr.«

Richtig. Das beim Konzert war zwischen Gina und mir. Und dort bleibt es auch. Diese Zone in meinem Gehirn ist streng geschützt, davon gebe ich keinen Millimeter frei. Gehört nur uns beiden.

Auf der Bühne unsere Band. Unsere Harmonie, unser Einklang, unsere Schwingungen. Ginas Gesicht im Spotlicht, wie es zum Rhythmus die Farben wechselt. Nachträgliche Hochachtung vor der Standfestigkeit meiner Beine, ich war nämlich keineswegs schwindelfrei.

Die ersten Berührungen unserer Hände. Mit der Reibungsenergie hätte man ein Fernkraftwerk antreiben können. Selbst wenn ich heute nur daran denke, ginge sich immer noch ein kräftiger Heizstrahler aus.

Neugeburt. Auferstehung. Anspruch auf Unendlichkeit. Alles in unser beider innigsten Augenblicke verpackt. The Beautiful South. The Beautiful World. Wie feiert man die größte Eroberung seines Lebens? Mit der größten Errungenschaft der Menschheit auf dem Gebiet der Glückseligkeit. Dem Kuss. (Dem ersten davon, dem Tausende folgen sollten.)

Schließlich schoss sie aus mir heraus, die Botschaft aller Botschaften. Die Wahrheit aller Wahrheiten, weil man sie als Unwahrheit niemals über die Lippen bringen würde, die drei Worte aller Worte.

Und Gina erwiderte: Ich dich auch.

»Beim Konzert. Zwischen dir und ihr. Wie war das?«, fragt Catrin.

»Schön«, sage ich.

Ich bin ja nicht gerade bekannt dafür, coole Antworten zu geben. Aber das war eine richtig coole Antwort, finde ich. Und weil es so schön war, gleich noch einmal.

»Schön.«

# Attnang-Puchheim

In Attnang-Puchheim steigt man weder aus noch ein, sondern um. Oder man bleibt sitzen und wundert sich. Ich wundere mich in Attnang-Puchheim praktisch immer. Ich wundere mich, plötzlich hier zu sein. Da muss etwas Unvorhergesehenes geschehen sein. Da muss der Zug falsch abgebogen sein. Da muss er von der Strecke abgekommen sein. Da hat er seinen klassischen Fehler gemacht, halb links statt geradeaus.

Aber halt, jetzt ist der Zug stehen geblieben. Jetzt hat der Fahrer sein Missgeschick bemerkt. Immer hier, immer an der gleichen Stelle. Ein Ruck geht durch die Reihen. Ein kräftiges kollektives Hauruck mitten im oberösterreichischen Hausruck.

Was tun? Ungeschehen machen kann man es nicht. Umdrehen funktioniert bahntechnisch nicht. Rückwärtsfahren dauert zu lang. Wurscht, liebe Deutsche, liebe internationale Fahrgäste. Wir sind in Österreich, Land der Mittelwege, Wahlheimat der Notlösungen, zukunftsreich. Wenn wir schon hier sind, auf dem Abstellgleis, dann machen wir doch gleich einen Bahnhof daraus. Nennen wir ihn Attnang-Puchheim. Halten wir kurz an, atmen wir durch, gehen wir in uns. Dann fahren wir blindlings weiter, so lange, bis wir wieder in der Spur sind.

Ade, du zauberhaftes, geheimnisvolles Attnang-Puchheim, und verzeihe uns die Störung. Die neuntausendfünfhundert Einwohner, die wir noch nie zu Gesicht bekommen haben, werden es uns hoffentlich nachsehen.

Ich betreibe derweil die wahrscheinlich unsportlichste Form der Gymnastik, ich vertrete mir die Beine in den Gängen zwischen den Waggons 514 und 518. Am Rückweg werde ich uns beiden Kaffee von der Bordbar holen.

Catrin ist im Abteil geblieben und telefoniert. Ich werde sie fragen, mit wem. Ich werde sie fragen, warum. Ich werde sie fragen, wann sie sich kennengelernt haben. Ich werde sie fragen, wie sich ihre Beziehung entwickelt hat. Ich werde fragen. Ich werde fragen. Ich werde fragen.

Denn ich befinde mich in einer völlig ungewohnten Situation, aus der ich schleunigst rausmuss. Ich bin nämlich an sich ein ruhiger Mensch. Ich rede nicht gern, habe ich das schon gesagt? Und da ich nicht gern rede, rede ich nicht viel. Normalerweise. Wenn ich etwas zu vermelden habe, dann schreibe ich es auf oder nieder, je nach Stimmungslage. Wenn ich mir etwas von der Seele sprechen will, dann lege ich es einer meiner Romanfiguren in den Mund.

Enge Freunde und Freundinnen, denen das nicht reicht, fragen gelegentlich, meist am Ende unseres jeweiligen Gesprächs: Und du? Jetzt hast du gar nichts von dir erzählt. Wie geht es eigentlich dir? Was treibst du so? Mit Gina alles okay? Hat Tanja mittlerweile einen Freund? (Unsere Tochter.) Haus. Hund. Garten. Wein. Bauch. Buch. Projekt. Zukunft? »Danke, alles prächtig«, sage ich. »Wunderbar«, kommt dann zurück. So mag ich es, nur keine Probleme machen, nur keine Probleme haben, so mögen es die Leute, so bin ich es gewohnt.

Normalerweise bin ich also der Zuhörer. Das ist meine Qualität. Wenn ich jemandem was Besonderes schenken kann, außer meiner Bücher, dann mein Ohr. Da gehe ich in die Offensive, da gehe ich voll aus mir heraus, da bin ich in meinem Element. Ich kann zum Beispiel hervorragend gut und sinnerfassend nicken – bestätigend, verneinend, bejahend, trotzig solidarisch, Mut zusprechend, Trost spendend, alle Paletten. Um meine Nackenmuskulatur muss man sich keine Sorgen machen. Die Krämpfe, die beim Schreiben entstehen, lösen sich in den Gesprächen auf. Ja, ich bin ein verdammt guter Nicker.

Dafür werde ich belohnt. Ich höre dann: »War schön, mit dir zu reden«, »Mit dir kann man wirklich über alles reden«, »Danke, hat mir gutgetan, wieder einmal so ein richtiger Austausch«, »Unser vertrauliches Gespräch bleibt aber bitte unter uns«. Na sicher. Ich kann schweigen wie ein Grab. Zuhören, Nicken und Schweigen, das liebe ich.

Und Beobachten. Menschen zu beobachten und zu studieren, das ist eine Lebensaufgabe, die ich mir längst zum Hobby gemacht habe. Gehen wir gleich in medias res: Ich studiere seit geraumer Zeit Catrin, und ich stelle fest, dass sie anders als die anderen ist, die sich mit mir unterhalten wollen. Sie präsentiert sich, als wäre sie ein offenes Buch, aber kaum will man hineinlesen, klappt sie den Deckel zu.

Sie wäre prädestiniert dafür, mir in den wenigen Stunden unseres Schräggegenüber-Daseins im Zug ihre komplette Lebensgeschichte umzuhängen. Doch bisher kenne ich lediglich ein paar Namen ihrer Verflossenen, an die sie sich scheinbar kaum noch erinnern kann. Ihr mangelt es nicht an Hemmungslosigkeit, sie hätte die erforderliche Sprachgewandtheit, die Gelenkigkeit in der Zunge. Und sie hätte in mir den aufmerksamsten Zuhörer, den sie sich nur wünschen könnte.

Aber was macht sie stattdessen? Sie fragt. Sie fragt atemlos. Sie fragt wie eine Besessene. Und wen fragt sie? Ausgerechnet mich, den Schweiger, den Nicker.

Und sie giert nach Antworten. Nach meinen Antworten. Je intimer, desto besser. Sie setzt dabei das gesamte Areal bläulich schimmernden Moosgrüns ihrer Augen ein.

Ich kann mich ihrer Frageleidenschaft kaum entziehen. Sie hat nur fünf Stationen der Westbahnstrecke gebraucht, um aus mir einen Quatschkopf zu machen. So kann es nicht weitergehen. Ich werde den Spieß umdrehen, wie der Grillmeister sagt. Oder bleiben wir im Zug nach München: Gerade erst haben wir Attnang-Puchheim hinter uns gelassen. Ich werde die Notbremse ziehen. Ich werde das Steuer herumreißen.

»Catrin, und jetzt erzähle einmal du.« Ich lehne mich zurück und verschränke meine Arme.

»Ich?«

»Genau.«

»Was soll ich erzählen? Ich habe nicht viel zu erzählen.« Lächeln drei. (Vollironisch.)

»Dann erzähle mir das wenige.«

»Aus meiner Praxis?«

»Ja, zum Beispiel.«

»An was hättest du gedacht?«

»An nichts Bestimmtes.«

»Ich könnte dir einen Tipp geben«, sagt sie.

»Was für einen Tipp?«

»Einen echten Wohlfühltipp.«

»Gerne. Aber so unwohl fühle ich mich gar nicht.«

»Du wirst dich damit noch um einiges wohler fühlen, glaub mir.«

»Hast du ein Wundermittel?«

»So kann man es nennen.«

»Muss man es schlucken?«

»Nein, man muss nur ein bisschen hineinbeißen.«

»Du machst es spannend.«

»Nur zehn Minuten jeden Tag. Und am besten vor dem Frühstück.«

»Was?«

»Dehnungsübungen.«

»Nein, bitte nicht.«

»Ich kenne die besten.«

»Die kennen sie alle.«

»Ich könnte sie dir zeigen.«

»Hier?«

»Ja klar.«

»Hilfe. Bitte nicht.«

»Siehst du, das wusste ich, und deshalb habe ich erst gar nicht damit begonnen«, sagt sie.

So tötet man ein Gespräch ab. Aber es war nicht meine Schuld.

Sie nimmt einen zweiten Anlauf, das rechne ich ihr hoch an.

»Also, was willst du von mir gern wissen?«, fragt sie.

»Was du mir gern erzählst.«

»Ich erzähle dir nur gern, was dich wirklich interessiert. Ich will dich nicht langweilen. Also was interessiert dich?«

»Zum Beispiel …«

Ich schwanke zwischen: A. welche Musik du magst, B. was dich beschäftigt, C. welche Filme du gern siehst. Es gab nämlich auch schon einige recht gute Verfilmungen meiner Bücher. Aber ich werde mich für B. entscheiden, da erwarte ich mir die ausführlichste Antwort.

»Also, was interessiert dich?«, fragt sie.

»Was dich beschäftigt.«

»Wenn du *das* wüsstest!« Lächeln zwei. (Halb ironisch.)

»Was wäre dann?«, frage ich.

»Du würdest staunen.«

»Dann würde ich es gerne wissen. Ich bin ein Außenstehender. Es ist bei mir gut aufgehoben. Du kannst es mir anvertrauen. Ich kann schweigen.«

»Du willst es wirklich wissen?«

»Ja.«

»Du willst wissen, was mich beschäftigt?«

»Ja.«

»Ehrlich?«

»Ja.«

Obwohl, so sicher bin ich mir plötzlich nicht mehr.

»Du.«

Lächeln eins. Sie entscheidet nicht nur, was sie kriegen will. Sie kriegt auch, was sie kriegen will. Kurzum: Sie kriegt, was sie verlangt. Allerdings habe ich keine Ahnung, was sie da gerade von mir verlangt. Das macht mir Angst.

»Ich?«

»Ja, du beschäftigst mich.«

»Aha«, sage ich.

Zum Glück werde ich immer von innen nach außen rot, das heißt, bis es für sie sichtbar ist, dauert es noch eine Minute. Dann lässt sich der Zusammenhang nicht mehr herstellen.

»Aha? Das ist alles? Sonst nichts?«, fragt sie.

»Was sonst noch?«

»Willst du nicht wissen, wieso du mich beschäftigst?«

Natürlich will ich es wissen. Und wie ich es wissen will. Darauf legt sie es nämlich an. Das ist ihre Taktik, ihr Manöver. Aber ich habe sie durchschaut. Sie will von sich ablenken und das Geschehen wieder auf mich verlagern. Sie will nämlich gar nicht, dass ich mich für *sie* interessiere. Sie will, dass ich mich für *mich* interessiere. Und zwar über den Umweg ihres vermeintlichen Interesses an mir. Denn frage ich mich, wieso ich sie beschäftige, so frage ich mich, was an mir so interessant sein könnte, dass sie sich mit mir beschäftigt. Sie arbeitet also an meinem persönlichen Interesse an mir selbst. Oder, auf den Punkt unter dem Fragezeichen gebracht: »Catrin, bin ich da in eine Psychotherapiestunde von dir geraten?«

Jetzt lächelt sie nicht, jetzt lacht sie. Und das fällt ganz schön kräftig aus. Ich fühle mich angegriffen. Besser gesagt: Ich werde angegriffen, von ihr. Sie beugt sich schräg vor und klopft mir mit der flachen Hand auf mein Knie. Kumpelhaft. Wie man klopft, wenn man vom anderen denkt: Scherzkeks, Witzbold, Spaßvogel.

»In einer Psychotherapiestunde? Eduard. Nein, echt nicht. Ganz im Gegenteil.«

»Ah so«, sage ich.

Was ist das Gegenteil von einer Psychotherapiestunde?

»Ich erhole mich gerade von meinen Therapiestunden«, sagt sie.

»Inwiefern?«, frage ich.

Ich lehne mich weit zurück. Jetzt hat sie Erklärungsbedarf. Jetzt ist und bleibt sie am Wort. Jetzt kann ich sie ungestört beobachten. Jetzt komme ich endlich ausgiebig zum Nicken. Jetzt bin ich dort, wo ich hinwollte.

Ich fasse zusammen: Catrin hat anstrengende Wochen hinter sich. Sie hat erstens zu viele Klienten. Und sie hat zweitens zu viele mühsame Klienten, die sie mitten in der Nacht anrufen, um ihr mitzuteilen, dass sie knapp davorstehen, ihre Probleme in den Griff zu bekommen, sie brauchen nur noch dringend eine Auffrischungseinheit, und zwar genau jetzt, um Mitternacht, damit die Wirkung bis zum nächsten Tag anhält.

Einer guten Therapeutin gelingt es, auf die Sorgen und Nöte ihrer Klienten einzugehen, ohne sie sich selbst aufzuladen, erklärt sie mir.

»Man muss sich abgrenzen können.«

Ich nicke.

»Man muss ›Nein, jetzt nicht‹ sagen können.«

Ich nicke.

»Und zwar ohne dabei ein schlechtes Gewissen zu bekommen.«

Ich nicke. Und ich nicke noch einmal.

»Man muss die Aus-Taste drücken.«

Ich nicke dezent, denn erst einmal muss man die Aus-Taste finden.

»Man muss sich wegschalten können, freispielen können, wieder man selbst sein können.«

Das alles übrigens nicht nur als Therapeutin oder Therapeut, aber ich will sie nicht unterbrechen.

»Man muss auch an die eigenen Bedürfnisse denken.«

Ich nicke, mit etwas schrägerer Kopfhaltung, damit sie begreift, dass kaum einer besser als ich weiß, wovon sie spricht.

»Und das gelingt mir momentan nicht so aufregend gut«, sagt sie.

»Ich verstehe«, erwidere ich, statt zu nicken.

Jetzt komme ich ins Spiel: Für Catrin ist es nach eigenen Angaben etwas sehr Besonderes, das Zugabteil mit einem bekannten Schriftsteller teilen zu dürfen. (In Amstetten war ich noch ein »berühmter Schriftsteller«, aber das nur nebenbei.) Ein bekannter Schriftsteller, der außerdem etwas »von der Liebe, also vom Leben« versteht.

Zudem, so fährt sie fort, bin ich ein Mann (jetzt wird es immer angenehmer), der ihr von der ersten Minute an sympathisch war, der innere Ruhe und Besonnenheit ausstrahlt, der mit sich im Reinen zu sein scheint (wobei sie wissen müsste, dass es die bevorzugte Eigenschaft des Scheins ist zu trügen), der sich in sensibler Zurückhaltung übt, nur um ja nicht aufdringlich zu sein.

»Du bist kein Angeber«, sagt sie.

»Danke.« Ich bemühe mich darum, es nicht zu sein, wenngleich die größten Angeber wahrscheinlich diejenigen sind, denen es gelingt, es sich nicht anmerken zu lassen.

»Du bist kein Neunmalklug, kein Mann, der einer Frau, nur weil sie etwas jünger ist, die Welt erklären will.«

Na ja, zumindest nicht im Zug von Wien nach München.

»Du bist einfach ein Mann in seiner Mitte und ein Mann der gewählten Worte. Und ja, das gefällt mir, das tut mir gut, das brauche ich gerade. Da kann ich mich von den Sorgen meiner anstrengenden Klienten erholen.«

»Danke, du bist mir auch sehr sympathisch«, erwidere ich als Mann der gewählten Worte.

Egal, sie weiß, wie es gemeint ist. Wir befinden uns jedenfalls beide in einem Stimmungshoch. Ihr macht es offensichtlich Freude, mit Komplimenten herumzuwerfen. Und ich fühle mich sowieso, als hätte sie gerade bei der Booker-Preis-Verleihung die Laudatio auf mich gehalten.

»So. Und jetzt würde ich gerne mit dir auf ein Glas Wein gehen«, sagt sie.

Lächeln eins. Der Konjunktiv täuscht, denn sie würde nicht, sie will es. Und sie macht sich auch schon für den Abmarsch in den Speisewagen bereit. Ich blicke verstohlen auf das Schweizer Qualitätsprodukt über meinem Handgelenk und stelle fest: 13.48 Uhr. Normalerweise beginne ich frühestens um 18.00 Uhr. Aber ich kann ja auch noch die eine oder andere Überbrückungsmelange einstreuen, theoretisch.

Im ungarisch gewürzt riechenden Speisewaggon ist glücklicherweise einer der schmalen Zweiertische für uns frei. Es gibt in der Bahn nämlich nichts Beklemmenderes als diese eng geschnittenen Sechsertische, die aber ohnehin meistens von ureingesessenen Mitgliedern des oberbayerischen Sportkegelvereins »O'zapft« belegt sind. Wer dort auf eine Dreiersitzbank gerät, kann aus nächster Nähe den Weg eines Bissens Szegediner Gulasch vom Teller bis in den Rachen des Sitznachbarn mitverfolgen, sofern der Bissen überhaupt im Mund landet, denn die Strecke ist kurvenreich und immer für eine Vollbremsung gut.

Catrin hat ihre viel zu große Handtasche nicht nur mitgenommen, sie hat sie auf den Schoß gepresst und hält ihre Hände schützend darüber, als würden die Leute ringsum nichts anderes im Sinn haben, als sich der Tasche zu bemächtigen.

Bevor sie jetzt hoffentlich bald zu reden beginnt, habe ich noch kurz Gelegenheit, mir den Kopf anderer Fahrgäste zu zerbrechen, und frage mich, ob sie uns für Vater / Tochter, Ehemann / Geliebte, Vertrauensmann / Juniorchefin oder Brünhofer / Shootingstar halten. Die dritte Variante wäre mir am liebsten. Okay, wenn ich ehrlich bin, die vierte.

»Also, willst du es jetzt wissen?«, fragt sie mich.

»Was?«

»Willst du wissen, was mich an dir so beschäftigt?«

Ja richtig, das war unsere Ausgangssituation.

»Klar, sag schon.«

»Es ist der große Unterschied zwischen uns.«

Der große Unterschied zwischen uns? Ehrlich? Nur einer? Mir fallen auf Anhieb mehrere ein: Alter, Geschlecht, Figur, Frisur …

»Welchen Unterschied meinst du?«

»Wie wir leben.«

»Unterschiedlich. Ja. Wahrscheinlich.«

Und ich denke dabei weder an die Morgengymnastik noch an die Champions League spätabends.

»Ich meine, ich lebe mehr oder weniger allein. Und du bist seit einer Ewigkeit in …«

»Sag jetzt bitte nicht in festen Händen.«

»Liiert. Das ist für mich unvorstellbar.«

»Was?«

»Das ganze Programm.«

»Was für ein ganzes Programm?«

»Das zwei Menschen, die zusammenleben, miteinander zu bestreiten haben«, sagt Catrin.

Das schreit nach erstens, zweitens, drittens.

»Erstens ist das ganze Leben im Grunde ein ganzes Programm. Zweitens kann man das Programm gestalten, wie man will, sofern man auf dem richtigen Flecken der Erde zur Welt gekommen ist.

Drittens ist man frei, das Programm für sich allein zu gestalten oder mit anderen Personen. Beides hat seine Vor- und Nachteile.«

Das war mein faires Angebot auf ein Unentschieden der Lebensformen. Catrin nimmt es natürlich nicht an.

»Was ist der Vorteil, wenn man ein Programm mit jemandem Zweiten gestaltet, der sicher ganz andere Vorstellungen von der Programmgestaltung hat?«, fragt sie.

»Dass man auch Sendungen sieht, die man sonst nicht gesehen hätte. Dass man Dinge lebt, die man allein nicht leben würde. Das ist bereichernd.«

»Oder einschränkend. Weil man Sendungen nicht sehen kann, die man gern gesehen hätte. Weil man Dinge nicht leben kann, die man gerne leben würde«, sagt sie.

»Es sind nicht so viele Dinge, die man zu zweit nicht genauso leben kann wie allein«, halte ich dagegen.

Sie: »Vielleicht nicht so viele Dinge, aber die entscheidenden.«

Ich: »Was meinst du mit entscheidend? Entscheidend wofür?«

Sie: »Entscheidend für die Lebensqualität.«

Ich: »Aha. Dann nenne mir ein Ding, das entscheidend für die Lebensqualität ist und das man zu zweit nicht genauso leben kann wie allein.«

Sie: »Ein Ding?«

Ich: »Ja, nur ein einziges.«

Sie: »Da kann ich dir schon eines nennen.«

Ich: »Ich bitte darum.«

Sie: »Freiheit.«

Ich: »Freiheit?«

Sie: »Genau.«

Ich: »Warum soll ich Freiheit zu zweit nicht genauso leben können wie allein?«

Sie: »Weil dein Partner oder deine Partnerin dagegen ist und es verhindert.«

Ich: »Wer sagt das?«

Sie: »Ich sage das. Weil es immer so ist. Bei mir war es immer so. Und bei dir und Gina wird es auch nicht anders sein.«

Ich: »Bei mir und Gina ist es anders.«

Sie: »Und zwar wie?«

Ich: »Ich kann meine Freiheit leben, und sie kann ihre Freiheit leben, und keiner von uns beiden hat was gegen die Freiheit des anderen.«

Sie: »Haha.«

Ich: »Was heißt haha?«

Sie: »Haha heißt, dass ich dir nicht abnehme, dass du nichts dagegen hättest, würde Gina ihre Freiheit leben.«

Ich: »Habe ich nicht.«

Sie: »Okay, du hättest nichts dagegen, wenn Gina zum Beispiel jetzt gerade ihre Freiheit mit einem attraktiven jungen Arbeitskollegen lebt?«

(Gina hat keine attraktiven jungen Arbeitskollegen. Soviel ich weiß. Aber vielleicht sollte ich einmal nachfragen.)

Ich: »Ah so, jetzt verstehe ich. Da hast du aber einen ziemlich eingeschränkten und einseitigen Begriff von Freiheit.«

Sie: »Eingeschränkt und einseitig? Ganz und gar nicht. Uneingeschränkt vielseitig. In alle Richtungen offen. Das macht die Freiheit aus …«

Ich: »Deine Freiheit.«

Sie: »Deine nicht?«

Ich: »Nein. Ich will nicht in alle Richtungen offen sein. Dann bin ich ein Durchhaus. Da rein und da raus, da bleibt nichts drinnen in mir.«

Sie: »So, und was ist deine Freiheit?«

Ich: »Meine Freiheit beruht auf …«

Sie: »Ja?«

Ich: »Freiwilligkeit. Mein freier Wille entscheidet, was ich tue, und ich bin aus freien Stücken bereit, die Konsequenzen zu tragen.«

Sie: »Das heißt, du bindest dich freiwillig an eine fixe Partnerin und verzichtest aus freien Stücken auf deine Freiheit.«

Ich: »Nein, das heißt es nicht.«

Ich unterbreche hier, denn wir reden noch eine hübsche Weile um den heißen Brei herum, wobei es uns nicht gelingt, uns in Sachen Freiheit zu einigen.

Egal. Catrin rechtfertigt ihr Singledasein, ich verteidige die Zweierbeziehung. Und da ist es irgendwann unausweichlich, dass man auf die Dreier-, Vierer- oder sogar höherstellige Beziehung zu sprechen kommt. Kinder. Hierbei gebe ich unumwunden zu: freiwilliges Ende der Freiheit. Kinder. Die eigentlichen Gestalter jeder Art von Beziehung. Die Drahtzieher, Raumplaner, Chefarchitekten. Die unermüdlichen Sanierer, Fassadenbehübscher und Abbrucharbeiter jedes zwischenmenschlichen Bauwerks, jedes paarweisen Zusammenseins. Kinder.

Hat man keines, hat man keine Ahnung davon. Hat man eines, weiß man alles. Hat man zwei, dann hatte man, zumeist hormonell bedingt, kurz vergessen, wie das war, als man plötzlich eines hatte und alles wusste. Und so weiter.

Hat man kein Kind, will man meistens auch nicht darüber reden, außer vielleicht, man plant gerade eines. Und das ist bei Catrin, wie ich sie einschätze beziehungsweise wie sie will, dass ich sie einschätze, garantiert nicht der Fall.

Sie bemüht sich trotzdem, das Allernotwendigste über meine Tochter Tanja zu erfahren.

Und ich bemühe mich in aller Kürze, nur für sie Interessantes herauszupicken. Also nicht die Kinderkrankheiten, den Flötenunterricht, die Pferderanch, die Musikakademie, die Tierschutz-Demos und die ersten Freunde, mit denen sie ihre Mutter zu Tode geängstigt und ihren Vater zu Tode gekränkt hat, sondern zum Beispiel, wie wir das als Team bewältigt haben, wie wir sozusagen das Kind geschaukelt haben und verhindern konnten, dass wir uns zu dritt gegenseitig zerfleischen.

»Und wie?«

»Nach einem einfachen Prinzip.«

»Das wie lautet?«

»Nie zwei gegen einen, außer gegen mich.«

Konkret:

Hat Gina Tanja angegriffen, habe ich Tanja verteidigt.
Hat Tanja Gina angegriffen, habe ich Gina verteidigt.
Habe ich Gina angegriffen, hat Tanja Gina verteidigt.
Habe ich Tanja angegriffen, hat Gina Tanja verteidigt.
Hat mich Gina angegriffen, hat Tanja Gina unterstützt.
Hat mich Tanja angegriffen, hat Gina Tanja unterstützt.

Jetzt lerne ich eine neue Variante ihres Lächelns kennen, das sich mehr in ihren Augen abspielt und einen Hauch von Wehmütigkeit oder Sehnsucht mitträgt. Für mich ist klar, woran sie gerade denkt. Und mir liegt bereits auf der Zunge, sie zu fragen, ob sie sich ein eigenes Kind vorstellen könnte, wenn nicht heute, dann vielleicht morgen. Übermorgen wird es wohl schon etwas schwieriger sein, und das ist der Grund, warum ich besser den Mund halte, sonst landen wir am Ende noch bei dieser fürchterlichen Phrase von der »tickenden biologischen Uhr«, wo es dann thematisch nicht mehr weit zu den Wechseljahren, der Midlife- oder Latelife-Crisis, den Schlafstörungen und der senilen Bettflucht ist. Das haben wir uns hier im Zug nicht verdient. Catrin will sich von ihren Klienten erholen. Und ich will die Gnadenfrist bis München möglichst sinnvoll und in aufgelockerter Atmosphäre mit meiner insgesamt sehr angenehmen und inspirierenden neuen Bekanntschaft verstreichen lassen.

Apropos sinnvoll und angenehm: Wir haben zwei dieser Miniaturfläschchen Rotwein aus Bordeaux vor uns stehen, die man nur in Flugzeugen und Zügen zu Gesicht bekommt. Jetzt schenken wir uns ein, heben die Gläser, schauen uns demonstrativ tief in die Augen und sagen, ja, was sagt man da am besten?

»Auf uns.« Weniger originell geht es nicht.

»Auf die Liebe.« Ausgereizt und überdies fehlinterpretierbar.

»Auf das Leben.« Allzu leichtfertig schwermütig.

»Schön, dass wir uns kennengelernt haben.« Zu lang.

»Auf unsere gemeinsame Reise.« Die niemals enden wird?

»Wohl bekomm's.« Na ja, auch nicht die Offenbarung.

»Prost.« Nur wenn sie es zuerst sagt.

»Vakhtangui.« So prostet man sich in Georgien zu. Das musste ich mir einmal unbedingt merken, seither kann ich es nicht mehr vergessen. Heute habe ich aber keine Lust, damit Eindruck zu schinden.

»Cheers«, sagt Catrin. Damit hätte ich eigentlich rechnen können. Das geht bestimmt auf ihren Englischlehrer von damals zurück.

»Auf uns«, erwidere ich.

»Auf die Liebe«, kontert sie.

# Vöcklabruck

An Vöcklabruck zerbrechen zwar sämtliche Kärntner und Tiroler Zungen, und ab Bayern nimmt man das Wort erst gar nicht in den Mund. Aber auf Vöcklabruck lasse ich nichts kommen. Hier hatte ich in den Nullerjahren einige besonders schöne Autorenlesungen. Oder zumindest eine. Soweit ich mich erinnern kann.

Das Erinnern ist nämlich immer das Problem mit mir und den Lesungen. Ich bringe sie alle durcheinander. Nein, »alle durcheinander« ist nicht korrekt. Ich habe vielmehr das Gefühl, dass ich in all den Jahren meiner etwas aktiveren Laufbahn, meiner regen Lesereisetätigkeit insgesamt nur eine einzige Lesung abgehalten habe, und die war, flächendeckend verteilt und zeitlich versetzt, überall und nirgendwo in Österreich, in Deutschland und in der Schweiz.

Und wenn es nicht nur eine Lesung war, so war es zumindest immer die gleiche. Mit dem immer gleichen Publikum, wohlgemerkt ein großartiges Publikum, aber es war eben immer das gleiche, das meinem Auftritt beiwohnte, das bei den immer gleichen Textstellen lachte (in Vorarlberg und in der Schweiz immer etwas später), das raunte, wenn es dramatisch wurde, das am Ende applaudierte und mir hernach die immer gleichen Fragen stellte, allen voran die »Grausamen Fünf« an einen Autor.

Beim abschließenden Zeremoniell des Buchsignierens hatte ich die immer gleiche Warteschlange vor mir. Am Ende dieser Warteschlange standen, verdächtig abseits, die immer gleichen zwei, drei

Besucherinnen, die wild entschlossen waren, sich alle Zeit der Welt zu nehmen, um sich ihre ganz spezielle, persönliche, auf sie zugeschnittene Widmung abzuholen.

»Was darf ich hineinschreiben?«, fragte ich stets.

Dafür erntete ich die immer gleiche Antwort: »Schreiben Sie, was Ihnen einfällt. Sie sind der Künstler.«

Gibt es etwas Erhebenderes, als nach der Ausschüttung des letzten noch verbliebenen Stresshormons am Ende intensiver, bemühter Publikumsbeglückungsrituale seiner Poesie freien Lauf lassen zu dürfen? Also was fiel mir, dem Künstler, da ein? Immer das Gleiche.

»Viel Vergnügen, Eduard Brünhofer«.

Die immer gleiche Lesung endete zwar im immer gleichen Hotelbett. (Die Decke zu dick, das Leintuch zu dünn, der Polster hart, aber gerecht.) Doch zwischen Signieren und Schlafengehen lagen genau jene Stunden, die gleichzeitig immer gleich und doch immer anders verliefen. Nicht so in Vöcklabruck. Auf Vöcklabruck lasse ich nichts kommen. Daran kann ich mich im Detail erinnern. In folgendem Detail.

Es war spät beziehungsweise früh. Die letzten Vöcklabrucker und Vöcklabruckerinnen, die mich in ihren Kreis aufgenommen hatten, um mir ihre heimeligsten Kulturplätze mit Ausschank näherzubringen – liebenswerte Menschen, die ihr Herz auf der Zunge und ihre Hand fest am Henkel hatten –, waren abgezogen. In der Ferne hörte ich sie noch ihre Lieder singen. Die letzten Lichter waren erloschen, nur noch ein paar matte Laternen blinzelten. Und ich dachte an sie, denn sie fehlte mir. Sie, die Freiheit? Nein. Sie. Gina.

Ich stand da, atmete tief durch und war eins mit Vöcklabruck.

So was vergisst man nicht, überhaupt, wenn sich am Einssein bis zum Morgengrauen nichts ändert. Denn das Hotel, dessen Namen wahrscheinlich mit »L« begonnen hat, tauchte weder vor meinem geistigen noch vor meinem körperlichen Auge jemals auf. Und auch sonst hatte Vöcklabruck für diese Nacht mit sich abgeschlossen und war nicht mehr bereit, auf meine individuelle Sperrstunde Rücksicht zu nehmen, eine Pforte zu öffnen und mir Obdach zu gewähren. Habe ich schon erwähnt, dass mir Hausrucker Schneeregen ins Gesicht peitschte und, wenn ich mich umdrehte, in meinen Halskragen kroch?

Ganz egal. Witterung und Zeit spielen zwischen drei und sechs Uhr früh eine dem Übergang von Trunkenheit zur nüchternen Erkenntnis des Daseins in Finsternis eher untergeordnete Rolle. Zurück blieb der Geschmack der ersten frisch aus der Gefriertruhe in den Backofen geworfenen, von dort herausgeholten und mir lauwarm auf den Teller gelegten Kaisersemmel, in der ersten Bäckerei, die sich meiner erbarmte, den Tag einläutete und scheinbar hoffnungslos Ausgestorbenes zu neuem Leben erweckte. Vöcklabruck.

Catrin gefällt meine Geschichte, und ich habe sie ihr wirklich gern erzählt. Wir sitzen übrigens nach wie vor an unserem schmalen Zweiertisch im Speisewaggon und haben unser je zweites Fläschchen Bordeaux vor uns stehen, ihres noch ungeöffnet. Trotzdem hat sie bereits leicht gerötete Wangen, und ihre Augen haben von Moosfarben-Matt auf Moosfarben-Glänzend gewechselt. Ihre Tasche liegt wie ein friedlich schlummerndes Schoßhündchen auf ihren Knien. Von Südwesten her lugt das Salzkammergut zu unserem Fenster herein.

Wir haben es uns richtig gemütlich gemacht. Und wir plaudern im steten Bemühen um Gleichklang und Ausgewogenheit über herrlich belanglose Dinge, über Kürbisse, Karaoke und Kartenspiele. Über Maggi kontra Sojasauce. Über Pullunder mit bunten Karomustern. Über die Tristesse von ergrauten Vorhängen und verstaubten Plastikblumen. Über die Angleichung des Gesichtsausdrucks von Hunden und Hundebesitzern im Alter. Kurzum: über die Sättigungsbeilagen des Alltags, die das Leben ausmachen, ohne dass man es merkt.

Ich genieße solche Momente. Ich spüre da plötzlich eine unglaubliche Wärme in mir, die nach außen drängt und das Verlangen aufkommen lässt, jedem einzelnen Fahrgast persönlich die Hand zu schütteln, ihm alles Gute mit auf den Weg zu geben und dem Schaffner explizit auszurichten, was für einen großartigen Job er macht, wie gut ihm der Oberlippenbart zu Gesicht steht und was für ein feiner Kerl er ist.

Das sind Momente, da würde ich am liebsten die ganze Welt umarmen und am besten gleich mit Catrin beginnen. Das merkt sie, dem kann sie sich nicht entziehen. Und wie man in das bläuliche Moosgrün hineinstrahlt, so strahlt es doppelt und dreifach zurück. Sagen wir es so: Wir fühlen uns gerade ziemlich wohl miteinander und mögen uns sehr.

Ich weiß natürlich ganz genau, wo mein Schub an Euphorie und Glückseligkeit herrührt. Aus dem Fläschchen, das vor mir steht. Und ich weiß ebenso genau, welches damit verbundene Reizthema ich vielleicht besser gar nicht anrühren sollte. Aber ich werde rühren. Ich fühle mich in perfekter Stimmung dazu. Ich erhebe zur Einstimmung mein Glas, sie erhebt zur Erwiderung ihr zweites Fläschchen und öffnet es.

Ich sage: »Catrin, schön, mit dir hier zu sein.«

Sie sagt: »Sehr schön sogar.«

Sie sagt ferner: »Cheers.«

Ich sage: »Vakhtangui.«

Sie fragt: »Was heißt das?«

Ich sage: »Prost auf Georgisch.«

Und dann folgt mein Geständnis.

Ich liebe Alkohol. Immer schon. In der Jugend habe ich dabei regelmäßig übers Ziel geschossen. Später noch einige Male über die Stränge geschlagen. (Zum Beispiel in Vöcklabruck.) Doch nicht einmal das kann ich ihm übel nehmen. Daran war nicht der Alkohol schuld, das war schon mein eigenes Verdienst.

Nach und nach habe ich ihn immer besser in den Griff bekommen, und ich habe aussortiert: kein Schnaps, kein Likör, nur ab und zu ein Bier. Aber Wein. Ja, Wein. Das ist mein Getränk. Ich liebe Alkohol in Form von Wein. Ich liebe ihn, ich brauche ihn, er schmeckt mir, ich vertrage ihn, er verträgt mich, und ich verdanke ihm viel. Leichtigkeit. Unbeschwertheit. Große Überwindungen. Mutige Entscheidungen. Angenommene Herausforderungen. Die schönsten Abende. Die schönsten Nächte. Viel Nähe. Viel Tiefe. Viel Liebe. Gina. Alles.

Und ich leide darunter, dass ich meine Gedanken zu dem Thema nicht mit der Öffentlichkeit teilen darf. Es wäre eine Botschaft, die mir wirklich sehr am Herzen läge.

Meine Verlegerin hat mich leider abblitzen lassen. Vor etwa fünf Jahren, also schon mitten in meiner Flautezeit, habe ich ihr ein wunderbares Konzept für ein ironiefreies, satirefremdes, fiktionsloses, echtes, ehrliches, durch und durch autobiografisches Sachbuch vorgelegt. Titel: »Ich liebe Alkohol«. Okay, über die Formulierung hätten wir streiten können. Aber so weit sind wir gar nicht gekommen.

»Edi, du weißt, wir schlagen dir sonst nie was ab. Aber das geht nicht, das geht leider gar nicht«, meinte sie.

»Warum nicht?«

»Bitte denk nur an die Millionen alkoholkranken Menschen.«

Ja klar, natürlich denke ich an sie. Dem Alkoholmissbrauch hätte ich ein eigenes Kapitel gewidmet, in aller Ausführlichkeit. Es gibt ja auch bereits umfassende Literatur dazu, viele kluge Ratgeber, wissenschaftlich fundiert, auf den neuesten Stand der medizinischen Forschung gebracht, mit aufrüttelnden Schicksalsbeschreibungen und großartigen Tipps von großartigen Experten, die sich damit keineswegs eine rote Nase verdient haben, sondern höchstens eine goldene.

Wichtig sind zum Beispiel regelmäßige Alkoholpausen, am besten nach einem bestimmten Schema, beginnend mit einem Tag in der Woche ohne.

Ferner eine Woche im Monat ohne.

Ein Monat im Jahr ohne.

Ein Jahr im Jahrzehnt ohne.

Ein Jahrzehnt im Jahrhundert ohne.

(Nach einem Jahrhundert darf man bis auf Weiteres trinken, sooft und so viel man will.)

So ist man jedenfalls auf der sicheren Seite.

Auch ich hätte in meinem Buch nichts beschönigt. Alkohol ist gefährlich. Alkohol ist eine Sucht. Alkohol ist eine harte Droge. Alkohol, missbräuchlich verwendet, bringt unendlich viel Leid über die Menschheit. Aber das schafft die missbräuchliche Verwendung des Glaubens auch, und zwar in ganz anderen Dimensionen, und dennoch werden jährlich Dutzende Buchtitel auf den Markt geworfen, die eine der sieben Weltreligionen vergöttern. Und mir wurde ein einziges Büchlein, das meine Zuneigung zum Alkohol erklärt, versagt.

Aber egal. Liebe Leute, ich sage euch, wenn man behutsam und vorsichtig mit ihm umgeht, mit dem Alkohol, wenn man zärtlich zu ihm ist, dann ist er harmlos. Seht her, mir tut er nichts, mir geht er zu, von mir lässt er sich streicheln, mir öffnet er mein Herz. Das wäre meine Botschaft gewesen.

Natürlich kenne ich seine Wirkungen in- und auswendig. Ich weiß, wie viel ich trinken darf. Ich weiß, wann ich aufhören muss. Ich weiß, wann ich gar nicht anfangen darf. Denn ich weiß, mit welchen meiner Stimmungen er sich nicht verträgt. Mit allen schlechten Stimmungen.

Er verdoppelt mir immer meine Gefühle, alle Gefühle. Er holt stets die zweite Hälfte der Gefühle aus mir heraus, diejenigen, die sich in meinem Inneren versteckt halten, weil sie menschenscheu sind, weil sie Hemmungen haben, weil sie unsicher sind, weil sie das Neue fürchten.

Wenn ich ein, zwei Gläser Wein getrunken habe, manchmal auch drei, dann bin ich kein anderer. Ich bin mein Zweiter. Die beiden gehören zusammen. Sie vertragen sich, sie mögen sich, sie ergänzen sich, sie sind miteinander im Reinen … Und ich denke, ich denke, ich denke … ich sollte dann langsam aufhören. Sie hat es verstanden. Meine Botschaft ist rübergekommen. Jetzt mache ich eine Pause. Jetzt warte ich auf ihr Urteil.

Sie lässt sich Zeit.

Sie lässt sich noch mehr Zeit.

Sie nickt.

Sie lässt sich noch einmal Zeit.

Sie spricht.

»Als Therapeutin sage ich jetzt lieber gar nichts dazu.«

Eines ihrer Augen schaut mich ansatzweise beeindruckt, das andere eher mitleidig an, wenn ich das richtig einschätze. Immerhin lernt sie mich jetzt als Gesamtperson mit extrovertierter zweiter Hälfte kennen. Und da bin ich plötzlich ganz schön redselig. Das müsste ihr eigentlich entgegenkommen.

»Du kannst aber gern als Catrin was dazu sagen«, schlage ich vor.

»Als Catrin stelle ich fest, dass sich der Alkohol mit dir, zumindest bisher, ganz gut verträgt. Die Frage ist nur …«

»Ja?«

»Wie verträgt sich dein Alkohol zum Beispiel mit Regina?«

»Mit meiner Frau?«

»Ja klar, mit deiner Frau. Kennst du so viele andere Reginas?«

»Nein, ich bin nur verwundert, wie sehr du dich für meine Frau interessierst.«

»Anscheinend mehr als du selbst.«

Lächeln zwei, halb ironisch.

»Ich kann dich beruhigen, ich interessiere mich sogar sehr für sie«, sage ich.

»Das beruhigt mich nicht, das freut mich. Aber du redest offenbar nicht gern über sie.«

»Ich bin es nicht gewohnt, über sie zu reden.«

»Warum nicht?«

»Weil die meisten sie ohnehin kennen. Wer mich kennt, kennt Gina. Normalerweise.«

»Ich kenne sie nicht«, sagt Catrin.

»Und weil diejenigen, die sie nicht kennen, normalerweise nicht nach ihr fragen. Weil man selten von Menschen etwas wissen will, die man nicht kennt.«

»Aber je mehr ich von ihr weiß, desto mehr erfahre ich auch über dich.«

»Wenn du etwas über mich erfahren willst, dann kannst du mich ja direkt fragen.«

Kurzer Einschub: Das ist eben der Unterschied. Nüchtern wäre ich längst ausgestiegen, also nicht aus dem Zug, sondern thematisch. Aber ein bisschen Bordeaux, und so ein Dialog macht mir plötzlich Spaß. In diesem Sinne:

»Wenn du etwas über mich erfahren willst, dann kannst du mich ja direkt fragen. Deshalb sitze ich ja hier.«

Stimmt zwar nicht, hat aber gerade gut hineingepasst.

»Okay.«

»Was okay?«

»Dann frage ich dich direkt.«

»Bitte sehr.«

»Hat Regina kein Problem mit deinem Alkohol?«

Lächeln eins. Catrin kriegt, was sie verlangt.

Ich lächle zurück. Ich mag sie einfach. Sie ist auf ihre charmante Art unerbittlich.

»Nein, hat sie nicht«, erwidere ich.

»Ich versetze mich nämlich gerade in sie. Und ich hätte eines, nein, ich hätte sogar zwei Probleme, ein persönliches und ein prinzipielles«, sagt Catrin.

»Aha.«

Sie beginnt, wie nicht anders zu erwarten, mit dem persönlichen.

»Wenn Regina uns zwei jetzt beobachten könnte …«

»Ja?«

»Wie wir im Bordbistro fröhlich miteinander Bordeaux trinken …«

»Ja?«

»Und wie wir uns dabei ansehen …«

»Wie wir uns ansehen?«

»Ja, wie wir uns ansehen.«

»Wie sehen wir uns an?«

»Du weißt genau, wie wir uns ansehen.«

Natürlich weiß ich es, das heißt, ich sehe, wie sie mich ansieht, und ich kann mir ungefähr vorstellen, wie ich sie ansehe.

»Wie sehen wir uns an?«, frage ich dennoch.

»Verklärt.«

»Verklärt?«

»Ja, verklärt durch den Alkohol.«

Ich bemühe mich noch in der Sekunde, jeden Anflug von Verklärung aus meinem Gesicht zu verbannen.

»Das würde Gina nicht stören?«, fragt Catrin.

»Warum soll es sie stören?«

»Weil es aussieht, als würdest du mit mir flirten.«

»Ich flirte aber nicht mit dir.«

»Tust du nicht?«

»Nein.« Ich finde, klare Worte haben noch immer mehr Gewicht als unter Verklärungsverdacht stehende Blicke.

»Du musst es wissen«, sagt sie. Erneut Lächeln zwei.

»Ja.«

»Aber Regina würde es vermutlich anders sehen.«

»Wieso willst du wissen, wie es Gina sieht?«

»Weil ich eine Frau bin.«

Diesem Argument bin ich als Mann im Augenblick nicht gewachsen. Es ist daher an der Zeit, das Thema auf eine sachlichere Ebene zu bringen.

»Okay und das zweite?«, frage ich.

»Welches zweite?«

»Du sagst, du hättest, wärest du Gina, ein zweites, prinzipielles Problem mit mir und dem Alkohol«, erinnere ich sie.

»Ja, richtig.«

»Also?« (Ich sehe sie übrigens nicht verklärt an, wirklich nicht, ganz und gar nicht, das nur nebenbei.)

»Du willst den Alkohol heiligsprechen und betrügst dich damit selbst.«

»Witzig. Das sagt Gina auch. Aber sie nimmt es mir nicht übel.«

»Ich auch nicht. Ich habe gar nicht das Recht, dir etwas übel zu nehmen.«

»Aber?«

»Aber wäre es nicht besser zu sagen: Alkohol ist zwar nicht gesund. Aber ich gönne ihn mir trotzdem ab und zu.«

Dafür gönne ich ihn mir ab und zu wahrscheinlich zu oft. Das behalte ich aber für mich. Lieber wiederhole ich mich und sage: »Das sagt Gina auch. Habt ihr euch abgesprochen?«

Sie lächelt. Eine neue Variante. Lächeln sechs. Körperliches Merkmal: Ihre Nase ist nun deutlich gerümpft. Wie man es macht, wenn man zum Beispiel ein herziges Kaninchen beobachtet, das eine Karotte frisst und keine Ahnung von der Welt hat. Ich beziehe das aber nicht auf mich. Sie sagt: »Weißt du, was?«

»Nein?«

»Lassen wir das Thema.«

Welches? Zur Auswahl stehen Gina und Alkohol. Ich frage nicht explizit nach. Ich sage: »Okay.«

Sie hebt ihr Glas.

»Cheers.«

Mein Glas ist leer, ich schenke mir demonstrativ nicht nach, sie braucht nicht zu glauben, dass ich es eilig habe.

»Auf unsere Reise«, erwidere ich.

Pause. Wir lehnen uns zurück. Es geht uns gut. Stillbeschäftigung. Ich schaue hinüber zum Sechsertisch. Dort sitzen vier vergleichsweise langweilige Personen, ich meine, wenn ich sie mit Catrin vergleiche. Und mich selbst finde ich auch nicht so langweilig, zumindest derzeit nicht, noch nicht, das hat Zeit bis München.

Jeweils zwei Personen gehören zusammen, nämlich jene, die einander gegenübersitzen. Die beiden Fenstersitzer, ein jüngeres Paar, entweder in einer kleinen Beziehungskrise oder Bruder und Schwester, trinken Cola und öden sich auch sonst an. Ich tippe auf Verwandtenbesuch in Salzburg, vielleicht sogar Besuch der Schwiegereltern, sofern sie nicht die Schwester von ihm ist. Wenn Schwiegereltern, dann eher ihre Schwiegereltern als seine Schwiegereltern, so wie sie dreinschaut.

Die beiden Gangsitzer, zwei korpulente Männer um die vierzig – möglicherweise Geschäftsreisende aus der IT-Branche, weil sie riesige Laptops zu ihrer Seite haben, die auch die Trennlinie zu den Fenstersitzern bilden – wirken fröhlicher. Der eine beißt herzhaft in seine ketchup- und mayodurchtränkten Frankfurter oder

Debreziner. Vier solche Bissen, und das Paar Würstel ist weg. Seine Mama hat wahrscheinlich früher immer stolz über ihn gesagt: »Der Bub ist ein guter Esser.«

Sein Gegenüber stochert in einem Salatteller herum, vielleicht will er abnehmen. Oder er hebt sich den Hunger für das Geschäftsessen am Abend mit den Kollegen im Dreisternhotel in Rosenheim oder München auf. Die beiden trinken übrigens Bier, und daran wird sich so bald nichts ändern. Von ihrem Gespräch kriege ich akustisch nicht viel mit, bin aber heilfroh, nicht daran beteiligt sein zu müssen.

Catrin hat in der Zwischenzeit wieder ihr Mobilgerät zur Hand genommen.

Sie liest und lächelt vor sich hin. Lächeln eins oder zwei. Jetzt schreibt sie zurück, hebt währenddessen mehrmals kurz den Blick zu mir, als wäre ich das Thema ihrer Mitteilung. Wie man etwa einer Freundin schreibt: Rate einmal, mit wem ich gerade so nett im Speisewagen sitze und mich blendend unterhalte. Mit Eduard Brünhofer, dem Schriftsteller. Ein spannender Mann. Leider glücklich verheiratet.

»Du entschuldigst mich kurz?«, fragt Catrin.

Ich nicke.

»Die Arbeit holt mich gerade ein, ich muss telefonieren.«

Sie steht auf und verschwindet schnell, als wolle sie die Arbeit gleich wieder zurücküberholen. Normalerweise finde ich es äußerst respektvoll, wenn man den anderen mit seinen Handygesprächen verschont, egal ob privat oder beruflich. Aber Catrin hätte gerne dableiben können.

Egal. Ich schließe für einige Minuten die Augen und überlege, ob ich mir Gedanken über München machen soll. Wenn ja, dann müsste ich konsequenterweise meine Unterlagen hervorkramen. Die befinden sich aber leider im anderen Abteil. Geht also nicht. Ich schenke mir stattdessen noch einen Schluck Bordeaux ein. Diese Fläschchen sind wirklich extrem klein.

Catrin kommt zurück und vermittelt den Eindruck, die lästige Arbeit telefonisch erfolgreich abgehängt zu haben und sich nun wieder den fundamentalen Dingen des Lebens und der Bahnfahrt zuwenden zu können.

»Ich würde gern einmal ein Buch von dir lesen«, sagt sie.

»Ja?«

Wenn es mir gelungen ist, dann habe ich soeben recht überrascht und fast ein bisschen demütig gewirkt.

»Welches würdest du mir empfehlen?«

Normalerweise verabscheue ich, wie bereits erwähnt, diese Frage und verweise auf die Vertrauensbuchhändlerin oder den Vertrauensbuchhändler des jeweiligen Fragestellers. Bei Catrin ist das was anderes. Sie gilt es erst noch zu erobern, buchtechnisch natürlich. Welches Buch ich ihr empfehlen würde?

*»Die zweite Begegnung.«*

»Aha. Warum?«

»Das war mein erfolgreichster Roman. Den mögen fast alle.«

Fast alle Frauen in ihrem Alter, hätte ich noch dazusagen können.

»Ich lese aber lieber Bücher, die nicht alle mögen. Bücher, bei denen ich das Gefühl habe, die sind nur für mich geschrieben«, sagt Catrin.

Das ist ja gerade der Zauber eines erfolgreichen Romans, dass alle Leserinnen und Leser glauben, dieses Buch sei ausschließlich für sie geschrieben. Aber das erkläre ich ihr jetzt nicht. Ich denke lieber nach, welcher meiner Romane am besten zu ihr passt.

»Was ist Reginas Lieblingsbuch von dir?«, fragt sie.

Ah, endlich wieder Gina. Hätte ich sie nicht erst heute früh gesehen, wäre sie mir in den letzten Minuten schon abgegangen.

Unter uns: Sie geht mir ja tatsächlich ab. Erstens wäre ungefähr jetzt die Zeit für ihren nachmittäglichen »Espresso«-Schrei aus der Küche mit seinen zwei unterschiedlichen Betonungen, an denen ich erkenne, ob sie Kaffee gemacht hat oder ob ich uns Kaffee machen soll. Ich liebe unsere Rituale, die kleinen Pausen zwischendurch, die oasenartigen Unterbrechungen. Egal, wobei mich Gina unterbricht, ich fühle mich augenblicklich aus der neusprachlich »Homeoffice« genannten Geiselhaft des Werktags befreit.

Zweitens wünschte ich zum Beispiel gerade jetzt, Gina wäre hier, sie wäre mir eine Hilfe. Sehe ich ihr ins Gesicht, weiß ich nämlich, woran ich bin. Und konkret wüsste ich ganz gern, woran ich bei Catrin bin. Ungefähr ahne ich es ja, aber Ginas Mimik würde mein Gesamtbild abrunden. Zu zweit durchschaut man jemanden besser als allein, überhaupt, wenn man das jahrelang gemeinsam trainiert hat, wie Gina und ich.

Na ja, es hat schon Zeiten gegeben, wo unsere Einschätzungen und vor allem Wertschätzungen von Frauen à la Catrin diametral auseinandergegangen sind. Da hätte ich auf Ginas Gesten und Gesichtsausdrücke gern verzichtet, manchmal sogar auf ihre Anwesenheit. Das muss ich zugeben.

Aber drittens ist mir generell aufgefallen, seit ich bemerkt habe, dass ich jährlich ein Jahr älter werde: Je mehr Zeit ich mit Gina verbringe, desto schneller vergeht mir jeweils die Lust, Zeit ohne sie zu verbringen. Da kann ich mich vorher noch so sehr darauf gefreut haben, endlich wieder »mein eigener Herr« zu sein. Mittlerweile weiß ich: Mein ureigenster Herr bin ich mit Gina. Deshalb stehen Reisen ohne sie nur noch selten auf meinem Fahrplan.

Doch diesmal muss ich da allein durch. Also fast allein, denn Catrin wartet schon ungeduldig auf eine Antwort.

»Was ist Reginas Lieblingsbuch von dir?«

»Gina mag alle meine Bücher«, sage ich.

»Klar.«

»Wieso klar?«

»Muss sie ja wohl.«

»Wieso?«

»Wärest du sonst noch mit ihr zusammen?«

»Natürlich«, sage ich ziemlich entrüstet.

Catrin schmunzelt. Sie glaubt es mir nicht. Und wenn ich ehrlich bin, glaubt sie es mir zu Recht nicht. Und jetzt bin ich noch ehrlicher – und gebe es zu.

»Okay. Ich will mir gar nicht vorstellen, wie das gewesen wäre, wenn Gina meine Bücher nicht gemocht hätte. Das wäre nicht zusammengegangen.«

»Was?«

»Meine Bücher bin ich. Wer meine Bücher nicht mag, kann auch mit mir nichts anfangen.«

»Du meinst, du kannst mit keiner Frau etwas anfangen, die deine Bücher nicht mag?«

»Na ja«, sage ich.

Meine Version hat mir deutlich besser gefallen.

»Hat sie dein Schreiben beeinflusst?«

»Wer?«

»Regina.«

»Sicher. Sie war ja immer die Erste, die meine Texte gelesen hat.«

»Lesen durfte oder lesen musste?«

»Catrin, warum bist du auf einmal so bissig?«

»Ich bin nicht bissig. Ich versuche mich nur in Regina hineinzuversetzen. Ich stelle mir das schwierig vor. Sie liest einen Text von dir. Angenommen, er gefällt ihr nicht. Darf sie dir das sagen? Kannst du das hinnehmen? Oder glaubst du dann, sie liebt dich nicht mehr?«

»Du bist bissig und polemisch«, stelle ich fest.

Sie klopft mir mit der Hand aufs Knie, tröstend dieses Mal, setzt ihr neuartiges Kaninchenbetrachtungslächeln auf und stimmt so ein bisschen den betulichen Therapeutinnenton an, wo man sich als Angesprochener immer leicht schwachsinnig vorkommt.

»Eduard, entschuldige. Erklärst du es mir bitte?«

Ich nehme einen Schluck Bordeaux, um nicht zu sagen, ich brauche jetzt einen Schluck Bordeaux.

»Schau, Catrin. Wenn ich ein neues Hemd anziehe, das Gina nicht gefällt, würde sie nie sagen: Gefällt mir nicht. Muss sie auch gar nicht. Ich erkenne es sofort an ihrem Blick, wenn sie mich das erste Mal in diesem Hemd sieht. Gina hat einen außerordentlich guten Geschmack für Hemden. Hemden, die Gina gut gefallen, kommen bei halbwegs modebewussten Menschen immer gut an.«

»Schön. Aber ich dachte, wir reden über Bücher«, sagt Catrin.

»Richtig. Genauso ist es mit meinen Büchern. Wenn Gina eine Textstelle liest, die ihr nicht gefällt, würde sie nie sagen: Gefällt mir nicht. Muss sie auch gar nicht. Ich beobachte sie beim Lesen und erkenne sofort an ihrer Mimik, ob sie mit dem Text etwas anfangen kann oder nicht.«

»Und wenn sie nichts damit anfangen kann?«

»Dann habe ich ein Problem.«

»Mit ihr?«

»Nein, mit dem Text.«

»Inwiefern?«

»Dann gefällt er mir auch gleich nicht mehr.«

»So leicht beeinflussbar bist du?«

»Ja, bei Gina schon.«

»Warum?«

»Weil es mir erstens keinen Spaß macht, Bücher zu schreiben, die Gina nicht gefallen.«

»Warum nicht?«

»Ich möchte sie ja … beeindrucken.«

»Echt? Noch immer?«

»Ja, das wird nie aufhören.«

»Das finde ich schön.«

»Danke.«

»Und zweitens?«

»Was zweitens?«

»Warum du zweitens ein Problem mit Texten hast, die Regina nicht gefallen.«

Ich denke nach und begebe mich dabei auf die Suche nach dem Faden, den ich leider gerade ein bisschen verloren habe.

»Ich weiß es«, sagt Catrin.

»Was?«

»Dein Zweitens.«

»Und zwar?«

»Wie bei den Hemden.«

»Was meinst du?«

»Hemden und Bücher, die deiner Frau gut gefallen, kommen bei Menschen, die etwas von Hemden und Büchern verstehen, immer gut an. Ihr Geschmack ist also so eine Art Kompass, du weißt, dass du mit ihr auf dem richtigen Weg bist.«

»Genau. Das wollte ich sagen. So ungefähr jedenfalls. Danke.«

Kurze und verdiente Sprechpause. Der »gute Esser« am Nebentisch hat jetzt eine Schokotorte mit »Schlag« vor sich stehen, den mir mein Lektor in München umgehend auf »Sahne« ausbessern würde, ohne mich zu fragen und ohne zu bedenken, dass Sahne nur im flüssigen Zustand Sahne ist und durch das Schlagen automatisch zu Schlag wird, es sich also bei bereits geschlagener Sahne wie beim »guten Esser« am Nebentisch nie und nimmer um »Sahne«, sondern immer und unwiderruflich um »Schlag« handelt, nicht nur bei uns depperten Österreichern. Aber egal.

Catrin rutscht in der Zwischenzeit mit ihrer Oberlippe auf der Unterlippe herum. Wahrscheinlich feilt sie gerade an der Formulierung ihrer nächsten kniffligen Frage an mich. Und hier bahnt sich diese bereits an: »Mich würde ja generell wahnsinnig interessieren …«

Das hat sie noch mehr für sich selbst gesagt. Jetzt aber fixiert mich ihr Blick.

»Ich stelle mir das eigenartig vor.«

»Was?«

»Wenn mein Mann Liebesromane schreibt.«

»Was soll daran eigenartig sein?«

Die einen wechseln Stromzähler aus. Die anderen kontrollieren wortkarg Bahntickets. Wieder andere lassen sich von ihren Klienten Leidensgeschichten umhängen. Und wieder andere schreiben Liebesromane.

Außerdem ist der Begriff »Liebesroman« irreführend. Es handelt sich bei meinen Büchern um Romane, in denen es um zwischenmenschliche Beziehungen geht, wo Liebesgefühle natürlich eine zentrale Rolle spielen. Und wo es dann auch ein paar Szenen gibt, also intime Szenen.

Früher habe ich das noch recht detailreich und blumig beschrieben, das hat mir auch richtig Spaß gemacht, heute würde ich es nicht mehr tun. Ich denke, es gibt für alle Themen, außer dem Tod vielleicht, ein Ablaufdatum, und es kann nicht schaden, wenn man das als Autor rechtzeitig erkennt.

Aber wo waren wir? Ah ja, sie stellt sich das eigenartig vor, wenn ihr Mann (den es noch gar nicht gibt) Liebesromane schreibt.

»Was soll daran eigenartig sein?«

»Ich meine, wie stehe ich da als Ehefrau dazu?«, fragt sie.

»Wozu?«

»Zu der Liebe meines Mannes in den Liebesromanen.«

»Wie meinst du das?«

»Beziehe ich die Liebe auf mich? Oder fühle ich mich betrogen?«

»Weder noch, würde ich sagen.«

»Wie ist das bei dir, wenn du so eine intime Liebesszene schreibst. An wen denkst du da?«

Da genehmige ich mir jetzt einen Sonderschluck Rotwein. Denn diese Frage hat mir tatsächlich noch nie jemand gestellt.

»Ich denke an meine Figuren. Ich versetze mich in ihre Situation. Ich versuche, mich in sie hineinzufühlen, wie immer.«

»Aber es sind letztendlich deine eigenen Gefühle.«

»Natürlich, ich habe nur meine eigenen Gefühle. Ich verfüge nicht über die Gefühle anderer. Ich bin kein gefühlsübergreifender Außerirdischer.«

»Wenn du also über einen Mann schreibst, der zum Beispiel gerade sexuelle Gefühle gegenüber einer Frau hat, dann sind es deine eigenen sexuellen Gefühle.«

Ich halte an dieser Stelle fest, dass ich nicht in der Absicht in den Zug von Wien nach München gestiegen bin, über meine sexuellen Gefühle beim Hineinfühlen in eine Liebesszene zweier Romanfiguren zu reden. Doch selbst wenn ich jetzt aufspringe und die Notbremse ziehe, werde ich Catrin vermutlich nicht stoppen können.

»Das heißt, du denkst an Sex mit einer anderen«, sagt sie.

»Das heißt es zwar nicht. Aber wäre das schlimm? Darf man nicht denken, woran man will?«

»Denken schon. Aber du behältst es ja nicht für dich. Du gehst damit an die Öffentlichkeit. Du erzählst es einem breiten Publikum, allen deinen Fans und Groupies. Alle können es nachlesen, alle wissen es. Du hast dich als männliche Figur mit deinen eigenen Empfindungen in eine weibliche Figur hineinge… hineinge… hineingefühlt.«

So, bei aller Liebe zu meinem Gegenüber, jetzt reicht es mir. Jetzt schlage ich sie mit ihren eigenen Waffen. Ich lache. Ich beuge mich vor. Und ich klopfe ihr in kurzen Intervallen zweimal mit der flachen Hand aufs Knie. Im Sinne von: Scherzkeks, Spaßvogel. Oder in ihrem Falle: Witzkiste, Ulknudel. Hat es etwas genützt? Es hat nichts genützt.

»Also wenn ich mich in Regina hineinversetze, wäre mir das ehrlich gesagt gar nicht so recht. Das wäre mir eher unangenehm.«

»Gina war es nicht unangenehm, damals, als ich solche Szenen noch geschrieben habe, das ist ja auch schon eine Ewigkeit her. Es war ihr bestimmt nicht unangenehm. Glaub mir, ich hätte es als Erster erfahren.«

»Okay«, sagt sie.

»Außerdem …«

»Was außerdem?«, fragt sie.

»Nichts außerdem.«

Besser nicht.

»O ja, bitte, sag es mir!«, drängt sie.

»Außerdem habe ich mich bei solchen Szenen ja nicht nur in die männliche, sondern auch in die weibliche Romanfigur hineingefühlt.«

Ich hätte es nicht sagen sollen.

»Das ist ja noch ärger.«

»Wieso?«

»Weil du dir dann vorgestellt hast, wie sie empfindet, wenn sie Sex mit dir hat.«

»Nicht mit mir, sondern mit meiner männlichen Romanfigur. Das ist der wesentliche Unterschied.«

»Aber deine männliche Romanfigur hat ja exakt deine Gefühle. Um die kommst du als Autor nicht herum. Du hast Sex mit deiner weiblichen Romanfigur gefühlt und sie das entsprechend erwidern lassen. Du hast dich in der Hülle deiner Romanfigur also auch noch als Romeo abgefeiert. Und alles öffentlich. Alle können es lesen. Also wenn ich deine Frau wäre, wäre mir das ganz und gar nicht recht.«

»Aber du bist nicht meine Frau.«

Denn ich bin mit meinem Latein am Ende.

»Stimmt.«

»Und meine Frau hat mit meinen Sexszenen nie ein Problem gehabt.«

»Dafür bewundere ich sie.«

»Ich bewundere sie auch. Aber nicht dafür.«

»Sondern wofür?«

Ich atme tief durch, was Catrin erwartungsgemäß nicht als Antwort gelten lässt.

»Wofür bewunderst du sie?«

»Für tausend Dinge.«

»Und für welches der tausend Dinge am meisten?«, fragt sie.

Wofür bewundere ich Gina am meisten? Für ihre naturgegebene Selbstverständlichkeit, vor Hürden niemals abzubiegen. Für ihre unumstößliche Felsenfestigkeit, sich treu zu bleiben und zu ihren Worten zu stehen. Für ihre unerschütterliche Bedingungslosigkeit, bei mir zu sein und sich mit mir an einem Strang durchs Leben zu ziehen. Wie stark sie mich dabei gemacht hat. Wie ich wachsen durfte an ihrer Seite. Wie sie das Minenfeld meiner Selbstzweifel geräumt hat über all die Jahre, bis der Weg immer freier und sicherer wurde. Dafür bewundere ich sie.

Ich erinnere mich noch sehr genau an meinen stümperhaften Fluchtversuch am Ende eines fürchterlich schlechten Tages ohne Lichtblick von früh bis spät. Nichts als Krieg in den Nachrichten. Schreibblockade. Graupelschauer. Abgestürztes Computerprogramm. Alltagsbrechreiz. Und zur Krönung das angewiderte

Prinzessinnengesicht unserer wortlosen Tochter Tanja beim erzwungenen gemeinsamen Abendessen. (Sie konnte nichts dafür: Sie war dreizehn.)

»Wie soll das alles weitergehen?«, fragte ich Gina anstelle unseres standardisierten Gutenachtkusses, der nur noch die Funktion hatte, uns über die Unlust hinweg in den Schlaf zu hieven, Kissen an Kissen.

»Was alles?«, fragte sie.

»Mit uns, das alles.«

»Was meinst du?« Sie wusste, was ich meinte.

»Ich glaube, ich brauche eine Veränderung«, sagte ich nach längerem Herumstottern.

»Was willst du verändern?«

»Mein Leben.«

»Was in deinem Leben?«

»Am besten alles.«

»Womit willst du beginnen?«

»Weiß ich nicht.«

»Das wäre aber wichtig zu wissen.«

»Ich weiß.«

Das schreckliche Wort »Auszeit« lag mir auf der Zunge. Ich brachte es nicht über die Lippen. Das war auch gar nicht notwendig.

»Willst du mit einer Veränderung weg von mir beginnen?«, fragte sie.

Mir war bewusst, was ich gerade anrichtete, aber ich konnte nicht mehr gegensteuern. Ich lag auf dem Rücken, und es fühlte sich an, als wäre ich Kafkas Käfer.

Dann hörte ich sie weinen. Schlimmer noch, sie tarnte die schluchzenden Geräusche als kleine Niesanfälle. Einmal, zweimal, dreimal schnäuzen, dann schien sich wieder alles zu beruhigen. Und wir lagen eine schauderhafte Ewigkeit von Minuten stumm nebeneinander, bis ich es endlich schaffte, meine Stimme wiederzufinden.

»Gina, ich wollte dir damit eigentlich nur sagen …« Doch sie ließ mich nicht weiterreden.

»Edi?«

»Ja?«

»Ich hab einen Wunsch.«

»Einen Wunsch?«

»Ja.«

»Was wünschst du dir von mir?«

»Können wir tauschen?«, fragte sie.

»Tauschen?«

»Platz tauschen.«

»Platz tauschen?«

»Ja, im Bett.«

»Du willst lieber auf meiner Seite liegen?«, fragte ich verwundert.

»Ja, ich glaube, ich kann heute besser schlafen, wenn ich beim Fenster liege. Und du bei der Tür. Tust du mir diesen Gefallen? Können wir das heute Nacht probieren?«

»Ja klar.«

»Danke«, sagte sie.

»Du weißt, dass dich in der Früh das Licht blenden wird«, warnte ich sie.

»Das stört mich nicht.«

»Aber es hat dich früher immer gestört.«

»Früher«, sagte sie.

»Jetzt nicht mehr?«

»Jetzt nicht mehr.«

»Ehrlich?«

»Ja, ehrlich.«

Am nächsten Morgen – ich war seit Stunden wach –, beobachtete ich von der ungewohnten rechten Bettseite, wie sich Ginas Augen gegen die aufgehende Sonne erst blinzelnd zur Wehr setzten, ehe sie sich langsam öffneten und das rötlich gelbe Licht aufsaugten. So einen Blick hatte ich bei ihr noch nie gesehen.

So einen Kuss hatten wir noch nie gehabt.

»Ich hab dich was gefragt«, reißt mich die energische Stimme im Zug aus meinen Gedanken.

»Catrin?«

»Ja?«

»Ich hab einen Wunsch«, sage ich.

»Einen Wunsch? An mich? Was wünschst du dir von mir?«

»Können wir ein bisschen Pause machen?«

»Du meinst eine Redepause? Ja klar. Entschuldige, dass ich dich so in Beschlag nehme. Aber ich finde es einfach wahnsinnig spannend.«

»Was findest du spannend?«

»Mit einem Liebesromanautor über die Liebe zu reden«, sagt sie.

»Okay, ich verstehe«, sage ich höflichkeitshalber. Denn ich habe eigentlich nicht das Gefühl, dass wir sehr viel über Liebe reden. Und ich habe überdies auch definitiv nicht vor, über meine Liebe zu reden. Die bleibt privat. Wir reden über Catrins Vorstellungen von der Liebe und Leidenschaft eines Liebesromanautors, dessen Bücher sie nicht gelesen hat. Das ist herausfordernd genug.

»Also Pause. Versprochen«, sagt sie.

»Danke.«

Und jetzt bestelle ich mir noch ein drittes und letztes Minifläschchen von diesem, diesem, diesem …

# Salzburg (Teil 1)

Eine Lautsprecherstimme mit Pinzgauer Sprachfärbung entschuldigt sich und teilt uns mit, dass wir uns auf einen längeren Aufenthalt in der Station gefasst machen sollen. Es geht um Anschlussverbindungen. Auf Deutsch gesagt warten Züge aufeinander. Hier in Salzburg hätten sie sich treffen sollen, aber so ist das in einer Gruppe, je größer sie ist, desto wahrscheinlicher kommt der eine oder andere zum Treffen zu spät, das ist bei Zügen nicht anders als bei Menschen, überhaupt, wenn sie wissen, dass ohnehin auf sie gewartet wird, da lassen sie sich erst recht alle Zeit der Welt.

Das zusätzliche Problem auf Schienen besteht darin, dass die Züge, die an sich pünktlich waren und nun auf die unpünktlichen warten müssen, damit ebenfalls unpünktlich werden und die Verspätung in die nächste Station schleppen, wo schon fieberhaft auf sie gewartet wird, wegen der Anschlussverbindungen.

Solche Fehlleistungen wird wohl auch die Logistik der künstlichen Intelligenz nie aus der Welt schaffen können, denn die macht uns Menschen im Grunde ja alles nur nach.

Der einzige Unterschied zwischen Human-IQ und Machine-KI: Wir Menschen begehen die folgenschwersten Fehler der Zeitgeschichte in frohsinniger Unbelehrbarkeit immer wieder aufs Neue und schön selbst, über Generationen hinweg, wider Erfahrung und besseres Wissen. Die künstliche Intelligenz besorgt ihre Desaster wenigstens vollautomatisch, beruft sich auf Programmierfehler und erspart sich somit die Einsicht und das schlechte Gewissen.

Wir halten also hier in Salzburg, wo sicher auch Mozart öfter Rast gemacht hat, Mozart und später auch die eine oder andere Buhlschaft, wir halten und warten auf den Zug aus Villach. Viele Fahrgäste denken jetzt wahrscheinlich: Villach, eh klar, da haben wir es wieder, wegen denen sitzen wir hier fest. Das wird dann gepostet, tausendmal geliked, und der Kärntner ist wieder einmal in ganz Österreich im Orsch daheim. Obwohl der Zug aus Villach vielleicht unschuldig zum Handkuss gekommen ist, weil er möglicherweise auf einen schlafwandelnden Zug aus Mailand warten musste. Mailand also, Italien, eh klar, da haben wir es wieder. Das muss sofort gepostet werden.

Sitzend warten im stehenden Zug ist jedenfalls ganz besonders unangenehm. Man wartet ja bereits im fahrenden Zug, nämlich dass man endlich ankommt. Im stehenden Zug wartet man, dass man endlich wegfährt, damit man in weiterer Folge endlich ankommt. Es ist also doppeltes Warten, doppelt unangenehm.

Für mich ist das Warten sogar dreifach unangenehm. Ich warte sitzend im stehenden Zug, erstens darauf, dass er wegfährt, zweitens darauf, dass er in München ankommt, und drittens darauf, was in München geschieht. Aber schieben wir das noch eine Weile zur Seite. Immerhin habe ich Catrin, und wenn wer wen bis zur Perfektion von sämtlichen Wartepositionen ablenken kann, dann diese Frau mich.

Wir beide verlassen den Speisewagen, steigen aus und rauchen im Gegensatz zu allen anderen Aussteigern hier keine Zigarette, weil Catrin Nichtraucherin ist und ich nur Gelegenheitsraucher, wobei ich die Gelegenheit davon abhängig machen muss, ob mir jemand eine Zigarette anbietet, was seitens von Nichtrauchern selten und bei Catrin nicht der Fall ist. Jedenfalls bin ich in Situationen wie dieser einer der sehnsüchtigsten Möchtegernraucher der Erdkugel.

Jetzt sehe ich Catrin auch einmal ausführlich stehend, besser gesagt stehend wippend, streckend, beugend, tänzelnd. Da reiht sie sich in die Spezies Mensch ein, Frauenanteil siebzig Prozent, die rund um die Uhr im leichten Training ist, deren Tagesablauf eine einzige Lockerungsübung zu sein scheint, die mit dem Stirnband um die Schläfen schlafen geht und zu keiner Sekunde weiter als einen halben Meter von der nächsten mit Magnesium eingetrübten Wasserflasche entfernt ist. Und der Augenarzt, der ihr bei der jährlichen Kontrolle in die Iris hineinleuchten will, muss sie dreimal abmahnen, ihr Kopfkreisen einzustellen und das Kinn endlich auf der Stütze ruhen zu lassen, sonst kann er für nichts mehr garantieren.

Ohne auf Catrins Äußeres in der Position stehend-wippend am Bahnsteig näher einzugehen, bin ich jedenfalls beeindruckt, wie viel lust- beziehungsweise neidvolle Blicke der umstehenden Raucher und Raucherinnen sie auf sich lenkt. Und keiner von ihnen blickt deshalb, weil neben ihr ein zumindest ehemals doch sehr bekannter, um nicht zu sagen gefeierter Schriftsteller steht, dem man als kleine Wertschätzung vielleicht einmal eine Zigarette anbieten könnte.

Aber egal. Catrin ist gut aufgelegt und versorgt mich mit erfrischenden Monologen über Bahnhofsflirts in der Jugend und Erlebnissen auf Asienreise mit ihrer ausgeflippten Großmutter – Themen, zu denen ich verbal erfreulich wenig beizusteuern habe und deshalb alle Register meiner ausgeprägten Nick-Empathie ziehen kann.

Inzwischen hat sich der Nasenbohrer-Zug aus Villach in aller Gemächlichkeit in den Hauptbahnhof Salzburg hineinbequemt, die Leute können umsteigen, und wir beide nehmen unsere angestammten Plätze schräg gegenüber im Viererabteil ein.

Catrins Blick ist plötzlich wieder angestrengter geworden. Ich schätze, er ist Teil ihrer Gesamtanstrengung, mit der sie im Geiste schon die nächsten indiskreten Fragen an mich formuliert. Ich komme dem zuvor und sage: »*Die Morgenfrau* würde ich dir empfehlen.«

»Welche Morgenfrau? Empfehlen wofür?«

Sie wirkt ratlos, und es freut mich, sie auch einmal auf dem falschen Fuß erwischt zu haben.

»Du hast mich gefragt, welches meiner Bücher ich dir im Besonderen empfehlen würde.«

»Ach ja, richtig«, sagt sie jetzt mit etwas überzogener Begeisterung.

Es ist ihr sichtlich unangenehm, dass ich sie daran erinnern musste.

»Und ich denke, *Die Morgenfrau* würde ganz gut zu dir passen.«

»Ja? Warum?«

»Weil du Juliane mögen wirst, das ist die Hauptperson in dem Roman.«

»Ist das die Morgenfrau?«

»Ja.«

»Und warum ist sie die Morgenfrau? Was bedeutet Morgenfrau?«

»Interessiert dich das?«, frage ich.

»Ja.«

»Wirklich?«

»Ja, sehr sogar.«

»Das ist gut. Das ist der Sinn eines Buchtitels. Er soll Interesse wecken.«

»Also sag schon, was bedeutet Morgenfrau?«, fragt sie.

»Verrate ich nicht. Da musst du schon den Roman lesen.«

Sie lächelt. Lächeln sieben, eine neue Variante. Heiter-schmollend. Unterlippe nach vorne gewölbt. Bedeutung: Sie kriegt, was sie will, aber manchmal eben doch nicht.

»Dann sag mir wenigstens, warum diese Morgenfrau gut zu mir passen soll.«

»Weil ihr ähnliche Typen seid, Juliane und du.«

»Wie ähnlich?«

»Vom Temperament her. Von der offenen Art. Vom Alter. Und auch von den Lebensumständen. Du wirst dich mit ihr identifizieren können, denke ich.«

»Also bin ich auch eine Morgenfrau?«

»Das weiß ich nicht. Keine Ahnung, wie du am Morgen bist. Oder wie du morgen bist. Ich weiß nur, wie du heute tagsüber im Zug nach München bist.«

»Und wie bin ich da?«

»So ähnlich wie Juliane in meinem Roman.«

Diesmal lache ich. Vermutlich verfüge ich nur über ein, zwei Lachvarianten. Wenn es so rüberkommt, wie ich mich dabei fühle, dann lache ich herzhaft. Denn ich freue mich, Catrin gerade ein Exemplar von *Die Morgenfrau* verkauft zu haben.

Aber sie ist ja, wie gesagt, ein ähnlicher Typ wie Juliane, sie gibt sich nicht so leicht geschlagen und bohrt weiter.

»Verliebt sich deine Morgenfrau?«

»Ja, sogar mehrmals«, erwidere ich.

»Das freut mich für sie. Sie weiß ihre Freiheit zu leben.«

»Sie lebt eher Abhängigkeiten als Freiheiten.«

»Dann kann sie mir nicht allzu ähnlich sein.«

»Doch. Sie erkennt nämlich den Unterschied nicht.«

Catrin tut so, als hätte sie meine süffisante Bemerkung überhört.

»Gibt es auch pikante Szenen?«, fragt sie.

»Das kommt darauf an, was du unter pikant verstehst.«

»Sexszenen.«

Ich bin immer wieder aufs Neue überrascht. Catrin wirkt gar nicht so, als würde sie sich für Sexszenen in nicht mehr ganz taufrischen Büchern eines alternden Schriftstellers interessieren, den sie vor Kurzem mit ihrem Englischlehrer von anno dazumal verwechselt hat.

»Ich stelle mir nämlich noch immer vor, dass mein Mann solche Szenen schreibt«, sagt sie.

Das überrascht mich erst recht. Weder kann ich es nachvollziehen, noch kommt in mir gesteigerte Lust auf, mich schon wieder mit diesem belanglosen Bettrandthema befassen zu müssen.

»Darf ich dazu noch etwas anmerken?«, fragt Catrin.

»Muss das sein?«

»Ja. Wenn es sein darf, dann muss es sein«, sagt sie.

Lächeln eins.

Wir werden allerdings unterbrochen. Ein Fahrgast unbestimmten mittleren Alters in weißem Sakko, wahrscheinlich gebürtiger Villacher mit neapolitanischen Wurzeln, steht plötzlich vor uns, zeigt auf den freien Fensterplatz und fragt gezielt *mich* als das spontan identifizierte schwächere Glied in der Eindringlingsabwehrkette: »Scusi. Free?«

Also doch kein gebürtiger Villacher, und ich muss rasch reagieren. Mein fauler Kompromiss zwischen Wahrheit und Notlüge mündet in ein achselzuckendes: »I don't know.«

Das genügt dem Mann, der es offenbar gewohnt ist, Widerstände zu brechen, um sich mit vorgehaltener Reisetasche sofort bei uns hineinzuquetschen. Catrin wirft mir einen bestürzten Blick zu und ergreift die Initiative.

»No, no, no. I'm sorry«, sagt sie.

Dann packt sie ihr bestes Oxfordenglisch aus, um dem Mann klarzumachen, dass der Fensterplatz eindeutig nicht für ihn bestimmt sei, scheitert aber bei dem anschließenden Versuch, ihm auch den Sitz neben sich, also gegenüber von mir, auszureden. Sie hebt ihre Riesenhandtasche hoch und legt sie auf ihren Schoß. Der Mann, der offenbar prächtig damit leben kann, unerwünscht zu sein, lässt sich genüsslich in seinen Sitz fallen. Jetzt haben wir die Bescherung. Jetzt sind wir zu dritt.

Das macht natürlich etwas mit uns, würde man in der Coaching-Sprache sagen. Ein neues Mitglied in der Gruppe, und man verhält sich automatisch ganz anders. Ich jedenfalls komme mir plötzlich fremd vor, auch fremd (schräg) gegenüber Catrin. Warum? Da kann die Psychologie gar nicht tief genug greifen. Denn zwischen Catrin und mir hat sich über wenige Stationen hinweg aus dem Nichts eine ungeheure, schon an Intimität grenzende Vertraulichkeit aufgebaut, die nun an der Realität eines breitbeinig dasitzenden Neapolitaners mit Villacher Wurzeln zerbricht.

Kurzer Einschub: Gespreizte Beine, mit denen der brunftige Mann vom Mittelalter bis in die Neuzeit seine Signale zu senden versucht hat, gehen heutzutage gar nicht mehr. Dafür kriegt vielleicht ein vom Schanzentisch abhebender Skispringer auf dem Bergisel noch gute Haltungsnoten. Auf Sitzplätzen im öffentlichen Verkehr hat die Stellung breitbeinig nichts zu suchen. Ginge es nach mir, gehört sie wie auch das noch immer recht beliebte männliche Sich-in-den-Schritt-Greifen, von außen und sogar von innen und dann noch ordentlich herumgraben, selbstverständlich vor Publikum, als nonverbaler Alltagssexismus abgeschafft.

Sei es darum. Seit der Mann dasitzt, egal, wie er dasitzt, fühle ich mich von Catrin entfremdet. Ich wüsste gar nicht, wie ich sie jemals wieder ansprechen sollte. Es ist, als wäre die Illusion einer langjährigen innigen Freundschaft zerplatzt. Ich lehne mich zurück. Ich ziehe mich zurück. Ich sehe keinen Sinn mehr in meiner Reise. Meine Zukunftsprognose ist düster. In knapp zwei Stunden bin ich in München. Der Rest ist Zugfahren und Schweigen. Und ihr wird es bestimmt ähnlich ergehen wie mir.

Denke ich.

Dachte ich.

»Eduard? Was ich vorhin sagen wollte …«

Catrin beugt sich über das ihr zugewandte ausgescherte Bein des Italieners hinweg zu mir. Er wundert sich. Nichts hat für ihn darauf hingedeutet, dass wir uns kennen. Hoffentlich glaubt er nicht, dass jetzt Small Talk zu dritt angesagt ist, wo er bei Catrin mit heißblütig vorgetragenen neapolitanischen Floskeln in schlechtem Englisch Eindruck schinden kann.

»Also meine Anmerkung zu deinen Sexszenen«, sagt sie zu mir.

Sie flüstert nicht. Nein, sie spricht laut und deutlich. Er hat es gehört. Ich wage nicht hinzusehen, aber ich glaube, er mustert uns beide.

»Wenn ich also deine Frau bin, und ich lese eine Sexszene in deinem Buch, dann gibt es für mich zwei Möglichkeiten«, führt sie aus.

Ich nicke zwar in bewährter Manier. Doch es fällt mir schwer, mich auf den Inhalt ihrer Worte zu konzentrieren. Denn der Italiener wirft mir gerade einen solidarisch gemeinten Blick zu, der mich an ein gängiges Porträtfoto von Eros Ramazzotti erinnert.

»Beschreibt mein Mann, was er mit mir erlebt? Oder beschreibt mein Mann, was bei uns schon länger nicht mehr stattfindet? Verstehst du, was ich meine?«

Ich nicke. Ich verstehe sie akustisch gut, wie offenbar auch Ramazzotti, und ich nehme durchaus zur Kenntnis, dass die Leidenschaft offenbar ihr Lieblingsthema ist, welches ihr vermutlich schon die längste Zeit schlaflose Nächte bereitet. Aber meiner Meinung nach ist jetzt nicht gerade der ideale Zeitpunkt, dabei so sehr ins Detail zu gehen.

»Habe ich mit meinem Mann noch ordentlichen Sex, dann lese ich auch gern seine Sexszenen. Dann beziehe ich sie auf mich. Dann sind sie für mich wie eine geheime persönliche Widmung. Und ich selbst fühle mich sogar als Quelle seiner Inspiration.«

»Ich weiß, was du meinst«, sage ich.

Der Italiener kriegt immer größere Ohren. Auch wenn er sicher nicht jedes Wort versteht, scheint er instinktiv zu spüren, worum es geht.

»Wenn mit meinem Mann aber sexuell nicht mehr viel läuft, und schriftlich tobt er sich dafür umso mehr aus und denkt dabei an alle anderen Frauen, nur nicht an mich, dann ist das für mich wie Betrug. Dann kann er gleich fremdgehen. Sexuell fremdgehen und sexuell fremdschreiben ist für mich das Gleiche.«

»Na ja, da sehe ich schon einen gewissen Unterschied«, halte ich kleinlaut dagegen.

Wenn ich mich nicht täusche, hat mir der Italiener soeben aufmunternd zugezwinkert.

»Aber was bitte hat das mit mir zu tun?«, frage ich Catrin.

Ich habe es ziemlich energisch gesagt. Der Italiener soll aufgrund meiner Gestik erkennen, dass ich mich vom Inhalt beziehungsweise von der Stoßrichtung des Gesprächs distanziere.

»Na ja, ich will dich jetzt nicht ausfragen. Du wirst schon selbst wissen, an wen du damals gedacht hast.«

»Ehrlich gesagt kann ich mich überhaupt nicht mehr daran erinnern.«

Auch Ramazzotti zuckt jetzt mit den Schultern. Ich glaube, er hält zu mir. Mit starken Frauen, die den Ton angeben, tut er sich wahrscheinlich prinzipiell schwer, außer mit der Mama natürlich.

»Ist ja bei dir auch schon eine Ewigkeit her«, sagt sie.

»Was?«

»Dass du Sexszenen beschrieben hast.«

Der Italiener hebt eine Hand und kratzt sich damit am Hinterkopf, wie man das bei rhetorisch überforderten Fußballern in TV-Interviews allzu oft sieht. »Sex« versteht man ja in jeder Sprache. Vielleicht versucht er, einen Reim darauf zu finden, warum sie andauernd von Sex spricht und ich in Abwehrhaltung gehe.

»Ja, das ist ewig lang her«, wiederhole ich.

Um ein bisschen für Gleichklang zu sorgen.

»Du schreibst ja keine Liebesromane mehr«, sagt sie.

»Ja, das stimmt. Schon länger nicht mehr.«

»Ist es wegen der Liebe oder der Leidenschaft?«

»Wie meinst du wegen der Liebe oder der Leidenschaft?«

»Na ja, ob dir die Leidenschaft dazu fehlt oder die Liebe abhandengekommen ist.«

»Warum soll mir die Liebe abhandengekommen sein oder die Leidenschaft fehlen?«

»Also, ich stelle mir das zumindest so vor.«

»Was stellst du dir vor?«

»Mir ist es mit der Leidenschaft ja auch immer so ergangen.«

Aha, die Liebe lässt sie unter den Tisch fallen, da kennt sie sich nicht so gut aus.

»Wie ist es dir ergangen?«

Der Italiener fiebert mit, sein Blick wandert wie in der Ehrenloge am Centre Court in Wimbledon von der wuchtigen Aufschlägerin zum in die Defensive gedrängten Rückschläger. Er hat sogar den Mund leicht geöffnet.

Sicher würde er gerne gleich direkt in unser Gespräch einsteigen.

Es müsste sich nur einer erbarmen, am besten ich, ihm das passende Stichwort zu liefern. In der Art von: Sie müssen wissen, es geht gerade um die Liebe und die Leidenschaft. The love, the passion, you know. Grande passione. Amore. Cuore. Sesso. Solche Dinge. Und die Frau hier, neben Ihren gespreizten Beinen, behauptet, dass mir »amore« oder »grande passione« fehlen und ich deshalb keine Liebesromane mehr schreibe, wissen Sie. Capisci? Wie schaut es diesbezüglich bei Ihnen aus? Haben Sie genug »amore« oder zumindest »passione«, um Liebesromane mit würzigen Sexszenen, you know, »abbondante affilato scena di sesso«, zu schreiben? Da wäre er dann mitten im Gespräch. Aber leider, keiner tut ihm den Gefallen, keiner gibt ihm das Stichwort.

»Mir ist es mit der Leidenschaft ja auch immer so ergangen«, sagt Catrin.

»Wie ist es dir ergangen?«

»Dass sie mir schon nach relativ kurzer Zeit in einer fixen Beziehung abhandengekommen ist. Und das wird bei dir und … Regina sicher nicht anders gewesen sein.«

»Du musst es ja wissen«, sage ich.

»War es anders?«

»Ja, es war anders.«

Der Italiener mag es, wenn ich widerspreche.

»Und was war anders?«

»Uns ist *nicht* schon nach kurzer Zeit die Leidenschaft abhandengekommen.«

»Dann halt nach etwas längerer Zeit.«

»Auch nicht nach etwas längerer Zeit.«

»Das glaube ich dir nicht.«

Ramazzotti glaubt es mir. Seine Unterstützung tut mir gut. Im Fußball würde man sagen, er ist gerade mein zwölfter Mann.

»Irgendwann wird jede Beziehung zur Routine, und dann macht Sex nur noch halb so viel Spaß«, behauptet Catrin.

Hier würde ihr Ramazzotti vermutlich recht geben.

»Zumindest bei uns Frauen ist das so.«

Hier würde Ramazzotti heftig widersprechen.

»Wie willst du das beurteilen? Deine längste Beziehung hat wie lange gedauert?«, frage ich.

»Vier Jahre, mit Uwe aus Köln.«

»Richtig, hast du erzählt. Und das war noch dazu eine Fernbeziehung«, erinnere ich sie.

»Eben. Und selbst die hat sich schon nach zwei Jahren abgenutzt, von der Leidenschaft her. Wie muss es Regina dann erst nach einer halben Ewigkeit ergehen.«

Jetzt wird sie fast schon unverschämt. Ich will gerade laut protestieren. Aber der Neapolitaner kommt mir zuvor. Er gestikuliert. Er will uns etwas mitteilen. Jetzt ergreift er das Wort: »It's not good«, sagt er.

Er zeigt auf mich, dann auf sie, dann auf mich, dann auf sie.

»It's not good.«

Catrin und ich schauen einander fragend an.

»I think, mister, it is better, you change place, and you sit there.«

Er deutet auf den leeren Fensterplatz. Er meint, ich soll mich dort rübersetzen.

»I think, it is better, mister, so you can better talk to your daughter.«

»Mille grazie, but she is not my daughter.«

Das musste ich sofort klarstellen.

»Oh. Perdono.«

Jetzt hält er verschämt die Hand vor den Mund und schmunzelt ramazzottimäßig, nein, er schmunzelt geradezu ramazzotti-backstage-mäßig.

»Una donna cosi giovane e carina. Bravissimo.«

Wahrscheinlich: Was für eine hübsche junge Frau! Herzliche Gratulation.

Catrin kann damit recht wenig anfangen und erklärt ihm in sachlichem Ton, dass wir beide kein Paar, sondern allerhöchstens befreundet sind, weil wir uns nämlich gerade erst kennengelernt haben.

Der Italiener im weißen Sakko wirkt umso tiefer beeindruckt. Vermutlich hält er uns österreichische Männer, oder irrtümlich sogar die deutschen, jetzt für Teufelskerle. So schnell ist er schon lange nicht mehr mit einer »donna carina« beim Thema Sex gelandet, mag er denken.

# Salzburg (Teil 2)

Der Zug hat die Verspätung aus Villach im Gepäck und schleppt sich damit Richtung München. Der Italiener heißt Giovanni, kommt in Wirklichkeit aus Ravenna, baut Photovoltaikanlagen und fährt nach Rosenheim, wo es Interessenten gibt. Wir haben uns vorhin sehr kurz und ganz nett zu dritt unterhalten. Er spricht und versteht sogar ein paar Brocken Deutsch, was wirklich nicht notwendig gewesen wäre.

An Catrin schätzt er, wie er so vornehm wie möglich zu umschreiben bemüht war, ihre Vitalität und ihre Muskeln, also ihren Körper, das war klar. An mir die Tatsache, dass ich Schriftsteller bin. Mein Name kommt ihm bekannt vor, doch das behauptet praktisch jeder, der mich nicht kennt, aber glaubt, mich kennen zu müssen. Er bildet sich sogar ein, daheim in Ravenna einmal ein Buch von mir in der Hand gehabt zu haben. Da übertreibt er es jetzt mit seinem Bemühen um Wertschätzung meiner Arbeit.

Aber so sind wir Menschen. Solange wir uns völlig fremd sind, gering schätzen wir einander oft genussvoll um die Wette und schicken uns, mit allen erdenklichen Vorurteilen behaftet, gegenseitig in die Wüste.

Doch kaum kommen wir unverhofft miteinander ins Gespräch, teilen wir uns in liebevoller Zuwendung die schönsten Sachen mit und heischen inbrünstig nach der Gunst des anderen. Ich bin da um nichts besser, denn ich sage ihm sofort, wie großartig ich Photovoltaikanlagen finde und dass er, der Herr Giovanni mit seinem weißen Hochglanz-Sakko, einer ist, der die Zukunft unserer Kinder und Kindeskinder rettet, ein Volksheld, ja ein globaler Weltklimaheld aus dem wunderschönen und kulturell bedeutenden Ravenna, im Herzen Italiens. Statt dass ich ihm vorschlage, er möge zuerst einmal die öffentliche Potenzbekundung beenden und seine Spreizbeine zusammenklappen, bevor wir überhaupt ein Wort miteinander weiterreden.

Aber egal, er hat sich ohnehin bereits verabschiedet, und zwar sehr abrupt. Das hat mich dann doch ein wenig überrascht. Denn er wollte ursprünglich nur auf die Toilette gehen und hätte sicher noch spannende Details zur Energieversorgung der Menschheit und Rosenheims auf Lager gehabt.

Catrin suchte gleichfalls den sogenannten stillen Ort auf, wobei der Ort nirgendwo weniger still ist als in einem Zug – und es mir in ewiger traumatischer Erinnerung bleiben wird, wie panisch meine Angst als Kind war, einmal in so einen Hexenkessel von Klomuschel hineinzufallen, unter höllischem Getöse durch das versiffte Fass ohne Boden zu rutschen und unten auf den Geleisen rauszukommen, während der Fahrt, bei mindestens hundert Kilometern pro Stunde. Den Phantomschmerz spüre ich heute noch, aber das nur nebenbei.

Catrin kam zuerst zurück, zwinkerte mir zu, keine Ahnung warum, vielleicht bloß eine kleine Sympathiekundgebung zwischendurch. Dann kam Giovanni, holte aber nur seine Reisetasche ab und sagte: »Allora. Ciao, bye, bye, mister Brunhof and misses … the young lady, it was nice to meet you and have talked to you. I will now change to another place.«

Begründung: Er hat zufällig einen alten Bekannten getroffen, mit dem er sich jetzt unbedingt austauschen muss. Vielleicht wollte er aber auch einfach nicht mehr Englisch mit uns reden. Müsste ich beim Englischreden ständig gegen den Ravenna-Akzent ankämpfen, so wäre mir das auf Dauer auch zu anstrengend.

Jetzt kehrt jedenfalls wieder Ruhe in unser beider Viererabteil ein, und dank Giovanni sind wir einander insofern ein ordentliches Stück nähergekommen, als wir uns nun auf den Fensterplätzen direkt gegenübersitzen, alle vier Beine schön parallel zueinander. Der Nachteil der neuen Position: Wir müssten unsere Köpfe schon fast mit Gewalt voneinander wegdrehen, um uns nicht andauernd anzuschauen.

Es wäre also hoch an der Zeit, dass Catrin sich zum Beispiel wieder einmal in ihr Handy oder in ein Buch, meinetwegen britische Literatur, vertieft und ich mir meine Unterlagen für München zur Hand nehme. Ich warte darauf, dass sie beginnt. Aber sie lächelt nur. Lächeln zwei, halb ironisch. Ich würde zu gerne wissen, worauf sich ihre halbe Ironie gerade bezieht. Und fast noch interessanter: Was nimmt sie mit der anderen Hälfte ihres Lächelns gerade ernst? Dann habe ich die rettende Idee: Ich frage sie einfach.

»Warum lachst du?«

»Wegen dem Italiener.«

»Wieso?«

»Wieso glaubst du?«

»Keine Ahnung, so lustig fand ich ihn nicht.«

»Wieso, glaubst du, ist er gegangen?«, fragt sie.

»Weil er einen Bekannten getroffen hat. Oder?«

»Nein.«

»Sondern?«

»Weil ich ihn darum gebeten habe«, sagt sie.

Lächeln eins.

Pause.

»WAS?«

»Ja. Ich habe ihn draußen abgefangen und gefragt, ob es ihm

sehr viel ausmachen würde, sich woanders hinzusetzen. Es sind ja jede Menge Plätze frei. Denn wir beide, also du und ich, wir führen gerade ein sehr, sehr wichtiges Gespräch. Also, für mich ist es wichtig, denn ich möchte auch gern ein Buch schreiben, und ich muss dir, dem bekannten Schriftsteller, dazu ganz wichtige Fragen stellen. Zum Thema, zum Konzept, zum Verlag, wie man da am besten vorgeht. Und wenn jemand Dritter anwesend ist, also zum Beispiel er, dann kannst du nicht so offen darüber reden, dann bist du … ja, dann bist du irgendwie gehemmt. Und dann komme ich mit meinem Anliegen nicht weiter.«

Ich staune.

Ich staune noch einmal.

Ich staune noch ein drittes Mal.

»Du willst ein Buch schreiben?«, frage ich.

»Nein. Oder ja. Ich weiß nicht. Vielleicht. Irgendwann einmal.«

»Also, stimmt das jetzt? Willst du ein Buch schreiben?«

»Nein. Derzeit nicht.«

»Du willst also kein Buch schreiben?«

»Nein.«

»Ehrlich nicht?«

»Ehrlich nicht.«

»Warum sagst du es dann?«

Meiner Einschätzung nach ist das eine der bisher spannendsten Fragen, die ich Catrin gestellt habe, seit wir uns kennen.

»Was glaubst du?«

Bitte nicht! Oder in Worten an sie: »Bitte frag mich nicht andauernd, warum ich etwas glaube, wovon ich keinen blassen Schimmer habe, sonst würde ich dich ja nicht fragen.«

»Weil …«

Lächeln eins, zwei und drei hintereinander.

»Weil ich mit dir allein sein wollte«, sagt sie.

Schön. Vorvorgestern wäre mir vielleicht heiß geworden, vorgestern eventuell noch warm. Heute bin ich diesbezüglich cool und frage: »Warum?«

»Weil ich mit dir ungestört reden will.«

»Ja?«

»Ja.«

»Noch immer?«

»Ja.«

»Worüber?«

Diese Rückfrage war etwas überhastet und deshalb unvorsichtig, wie Catrins Antwort sogleich beweist.

»Über die Liebe«, sagt sie nämlich.

»Über die Liebe«, wiederhole ich.

Weil es ja an sich eine schöne Formulierung ist. Aber ehrlich gestanden, so ganz blicke ich bei Catrin und ihrer schrägen Vorliebe für die Liebe, oder was sie darunter versteht, nicht durch.

»Das ist dein Thema«, stelle ich fest.

»Das ist unser aller Thema«, erwidert sie.

»Schon, aber normalerweise thematisiert man es nicht andauernd. Überhaupt in einem Zug. Mit jemandem, den man kaum kennt.«

»Ich glaube, ich kenne dich schon ganz gut«, sagt sie.

Na ja.

»Und es gibt nicht viele solche Männer.«

»Was für Männer?«

»Mit denen man über die Liebe reden kann.«

Stimmt, ich bin auch nicht unbedingt einer, aber so gut kennt sie mich eben nicht.

»Und du bist da ja sogar in doppelter Hinsicht ein Experte«, sagt sie.

Klingt schmeichelhaft, aber seit ich weiß, mit welchen Geschichten sie Italiener aus dem Abteil verbannen kann, zweifle ich an der Aufrichtigkeit jedes ihrer Worte.

»In welcher Hinsicht? Und warum gleich in doppelter Hinsicht?«, frage ich.

»Du hast zahlreiche Bücher über die Liebe geschrieben.«

»Ja, schon.«

»Weil es dir ein echtes inneres Anliegen war.«

»Ja?«

»Ja, das hast du selbst gesagt, hier, vor zwei Stunden ungefähr. Und außerdem kannst du dich mit Hingabe in Liebende hineinfühlen. Das haben wir auch bereits erörtert.«

»Ja, das haben wir ausgiebig erörtert, ich kann mich gut daran erinnern.«

»Also bist du für mich ein Experte.«

»Okay. Und wo ist da die doppelte Hinsicht?«

»Die doppelte Hinsicht ist – Regina.«

Natürlich. Eh klar. Gina. Wer sonst.

»Und wieso?«

»Dank deiner Frau Regina bist du ein Experte für Langzeitbeziehungen.«

Das ist grausam sachlich formuliert, und ich weiß auch, warum. Catrin hasst Langzeitbeziehungen. Am besten, ich nagle sie direkt darauf fest, damit wir hier mit offenen Karten spielen.

»Und du hast offenbar eine chronische Abneigung gegen Langzeitbeziehungen«, sage ich.

»Nein, ich frage mich nur …«

»Was fragst du dich?«

Und warum fragt sie es eigentlich mich, wenn sie es sich fragt?

»Wie ehrlich kann so eine lange Beziehung sein?«

»Ehrlich? Ich meine, ist das ehrlich deine Frage?«, frage ich.

»Ja. Und wie lautet deine ehrliche Antwort? Ganz unter uns.«

»Ganz unter uns?«

»Ganz unter uns«, bestätigt sie.

»Ganz unter uns weiß ich nicht, wie ehrlich andere Beziehungen sind, egal ob kurz oder lang. Und ganz unter uns ist es mir ehrlich gesagt auch relativ wurscht.«

»Und wie ehrlich ist eure Beziehung? Das wirst du ja wissen. Und wurscht kann es dir auch nicht sein.«

»Meine Beziehung mit Gina?«

»Ja.«

»Ob sie ehrlich ist?«

»Genau.«

»Ja«, sage ich.

»Ehrlich?«

»Ja, nach meinem Begriff von Ehrlichkeit – ehrlich.«

Bevor sie mich nach meinem Begriff von Ehrlichkeit fragen kann, sage ich: »Und worauf willst du hinaus?«

Denn sosehr ich unsere verbalen Spielchen liebe, irgendwann muss Schluss sein.

»Ich …«

»Ja?«

Sie zögert. Sie lächelt jetzt ihr eher unübliches Lächeln, Variante acht, das sich ganz allein in ihren Augen abspielt, wo das Moosfarbige plötzlich von einem leichten wehmütigen, melancholisch-düsteren Schimmer überzogen ist, als hätte es einen kleinen imaginären Trauerflor umgehängt bekommen.

»Ich frage das alles natürlich nicht ohne Grund«, sagt sie.

Das beruhigt mich, und das macht die Sache langsam wieder etwas berechenbarer.

»Das ist aber eine längere Geschichte«, will sie mich warnen.

Wunderbar, ich liebe längere Geschichten, wenn ich sie nicht selbst erzählen muss.

»Da würde ich ohnehin sehr gerne deine Meinung dazu hören.«

»Okay. Erzähl!«, sage ich.

»Aber vorher hole ich mir noch einen Kaffee. Magst du auch einen?«

»Oh, nein danke. Lieber ein stilles Mineralwasser. Das wäre nett. Und ein …«

Sage ich es, oder sage ich es nicht? Ich sage es.

»Und vielleicht noch so ein kleines Fläschchen von diesem …«

»Rotwein?«

»Ja.«

»Okay, und du, pass bitte auf, dass sich niemand zu uns dazusetzt«, sagt sie.

»Mache ich.«

Kaum ist sie weg, muss ich an München denken. Und wenn ich an München denke, denke ich unwillkürlich an einen gewissen Unsicherheitsfaktor, was meine Zukunft betrifft. Da hängt dann logischerweise auch Gina dran und sogar Tanja irgendwie. Es ist nichts, wovon die Welt untergeht, aber ich will sie einfach nicht enttäuschen. Ich hasse es, meine beiden Liebsten zu enttäuschen. Ich ertrage ihre traurigen Gesichter nicht, auch sonst nicht, aber schon gar nicht, wenn ich der Verursacher bin.

Tanja macht es mir da vergleichsweise ein bisschen leichter. Sie lässt sofort taktische Tränen in ihre Augen schießen und funkelt mich rachsüchtig an, damit ich gleich spüre, was ich angerichtet habe und dass ich dafür büßen werde.

Gina hingegen beißt die Lippen zusammen, ringt sich ein Lächeln ab, hebt die Schultern und lässt sie fallen, als wäre nichts geschehen. Sie will den Schmerz, den ich ihr bereitet habe, überspielen und von mir fernhalten, will nicht, dass ich auch noch darunter leide und Schuld verspüre. Aber ich kenne Gina, ich durchschaue sie, und deshalb leide ich doppelt und fühle mich doppelt schuldig.

Das alles würde ich uns dreien künftighin gerne ersparen. Doch es gibt bestimmte Dinge, die kann man einfach nicht erzwingen. Zum Beispiel Bücher.

Vielleicht sollte ich in München doch noch einmal für mein Alkohol-Ratgeber-Projekt kämpfen. Das könnte ich in wenigen Wochen hinkriegen, das schriebe sich praktisch wie von allein.

Es müsste ja nicht die reine Verherrlichung sein. Denn auch ich betrachte den Alkohol durchaus kritisch. Mich persönlich stört zum Beispiel am meisten, dass seine Wirkung nachlässt, wenn man aufhört zu trinken. Damit muss man umgehen können.

Im Ernst: Mein Ansatz wäre, wie man bei regelmäßigem Konsum alkoholischer Getränke trotzdem (oder gerade deshalb) glücklich durchs Leben kommen kann. Bedingung dafür: Man braucht einen Plan. Den kann man erlernen, und den kann man auch einhalten. Ich kann das. Meistens.

Mein Plan sieht etwa vor, dass ich in der Regel frühestens um 18.00 Uhr mein erstes Glas Wein trinke. Noch besser erst um 19.00 Uhr und keine Schummelei wegen der Sommerzeitverschiebung. Damit komme ich mit kleinen Mengen (ohne nähere Angabe der Maße wegen der ärztlichen Schweigepflicht beziehungsweise meinem Schweigewunsch gegenüber Ärzten) wunderbar über die Runden, denn dann hält die angenehme Wirkung, die mir alle Behaglichkeitsgefühle verdoppelt, bis zum Schlafengehen an. Und in der Früh bin ich der nüchternste Mensch der Welt, mit allen Vor- und Nachteilen. Hauptvorteil: klarer Kopf. Hauptnachteil: Nüchternheit.

Fange ich freilich zu früh mit dem Alkohol an, wie zum Beispiel schicksalhaft heute Nachmittag, ist der Gewissenskonflikt vorprogrammiert.

Entweder ich folge der Stimme der Vernunft und höre vorzeitig auf, konkret ungefähr jetzt, dann halbieren sich demnächst die angenehmen Gefühle und werden durch unlustige, schläfrige ersetzt. Das fände ich schade und wäre auch ein bisschen unfair gegenüber Catrin, die mir im Grunde wirklich sehr sympathisch ist und die mir vielleicht noch eine Menge zu erzählen hat.

Oder ich folge der Stimme meines Wohlbefindens, dann wird

es heute möglicherweise das eine oder andere Gläschen zu viel. Hier wiederum stellt sich die Frage, ob ich das den Münchnern zumuten kann, überhaupt, wenn ich ihnen dabei auch noch meinen vernunftbegabten Alkohol-Ratgeber verkaufen will, da wäre ein beeinträchtigter Zustand vielleicht eher kontraproduktiv. Aber egal.

Catrin kommt mit einem Kaffee, zwei Mineralwasser und zwei dieser kleinen Fläschchen zurück.

»Es waren die letzten zwei, die sie hatten, und sicher ist sicher«, sagt sie.

Ihre Einstellung gefällt mir. Und ich beschließe, den Bordeaux vorerst nicht anzurühren. Allein schon seine Anwesenheit auf dem Fensterbrett übt eine beruhigende Wirkung auf mich aus.

Dann erzählt sie mir ihre »längere Geschichte«. Ich würde sagen, es ist ein echter Klassiker, bei dem mir mein Lektor umgehend Klischeeverdacht attestiert hätte, wäre ich damit in Manuskriptform angetanzt. In drei Sätzen ließe sich die delikate Angelegenheit folgendermaßen zusammenfassen.

Erstens: Catrin fährt nach München, um ihren Freund Richard zu treffen, mit dem sie seit zwei Jahren ein sogenanntes schlampiges Verhältnis pflegt.

Zweitens: Die Schlamperei ist vor allem dem Umstand geschuldet, dass Richard seit fünfundzwanzig Jahren verheiratet, nein, »glücklich verheiratet« und obendrein mit bereits erwachsenen Kindern gesegnet ist.

Drittens: Sie hasst ihn zwar für seine unverfrorene Doppelgleisigkeit, aber er ist einigermaßen klug, halbwegs unterhaltsam, ziemlich aufmerksam, und sie geht gern mit ihm ins Bett, weil ihr Leiden unter dieser unbefriedigenden Situation wenigstens ihre Leidenschaft beflügelt und ihr deshalb nicht fad wird mit ihm.

Catrin ist beim Sprechen langsamer geworden, ist mit der Stimme runtergegangen und sieht mich herausfordernd an. Ich weiß also, dass sie in wenigen Sekunden wissen will, was ich als doppelter Experte von ihrem Münchner Kammerspiel halte.

Am besten, ich gehe es lapidar an und sage einmal: »Blöde Geschichte.«

Sie hebt eine Augenbraue. Okay, damit verrate ich ihr offenbar nichts Neues. Also frage ich einfach ein bisschen nach.

»Wo trefft ihr euch?«

»Unterschiedlich.«

»Heute zum Beispiel?«

»Wahrscheinlich kommt er zu mir ins Hotel.«

»Und seine Frau?«

»Kommt nicht mit.«

»Habe ich mir fast gedacht.«

»Sie ist auf Dienstreise. Sie ist Diplomatin.«

»Und sie weiß natürlich von nichts, also nichts von dir.«

Catrin lächelt. Lächeln zwei, halb ironisch mit anschließendem Lächeln acht, unüblich, wehmütig.

»Hast du Skrupel?«, frage ich.

»Ich? Wieso?«

»Wegen seiner Frau.«

»Nein, das ist seine Sache. Seine Frau geht mich nichts an. Außerdem, hätte er nicht mich, dann hätte er wahrscheinlich eine andere.«

Was ich mir jetzt besser nur denke: Möglicherweise hat er ohnehin auch eine andere oder zumindest eine nach der anderen. Der Mensch ist ja von Geburt an ein Serientäter, wenn man ihn nicht bald erwischt, überhaupt der Mann. Was er einmal macht, macht er noch einmal. Dann macht er es wieder. Danach macht er es immer wieder. Und irgendwann einmal macht er es immer. Immer, überall und bei jeder sich bietenden Gelegenheit.

»Hat er Skrupel?«

»Richard? Nein.«

»Wieso nicht?«

»Weil er dazu steht.«

»Wozu? Dass er seine Frau betrügt?«

»Er sieht das nicht so.«

Okay, da bin ich jetzt vielleicht eine Spur zu konservativ. Oder zu alt. Oder ich habe einfach zu viele Romane zu diesem Thema geschrieben und bin betriebsblind.

»Das musst du mir erklären«, schlage ich vor.

»Ich? Ich habe gehofft, dass du es mir erklären kannst«, erwidert sie.

»Was?«

»Wie ihr Männer da tickt.«

Wie ihr Männer da tickt! Wenn es mir gelungen ist, habe ich sie dafür jetzt richtig giftig angefunkelt. Ich verabscheue sie, diese zynische »Ihr Männer«-Verallgemeinerung, die ausschließlich von Frauen in emotionaler Bedrängnis, mit Empfindlichkeitsgrad zehn und in Verächtlichkeitsstufe Rot gegen völlig unschuldige, neutrale Beobachter wie mich verwendet wird.

Konkret: Ich sitze hier stellvertretend für das Arschloch Richard da, muss mich für seinen Hedonismus abwatschen lassen und ihr auch noch erklären, was in ihm vorgeht und warum es aus männlicher Sicht verständlich und nachvollziehbar ist. Kommt überhaupt nicht infrage.

»Wie sieht er es?«, frage ich.

»Richard?«

»Genau.«

»Er sagt, dass eine Beziehung auf Dauer nur dann funktionieren kann, wenn man sich gegenseitig Freiheiten einräumt.«

Womit wir wieder beim Thema Freiheit und der etwas eingeschränkten, aber heiß begehrten Auslegung davon angelangt sind.

»Sexuelle Freiheiten«, ergänze ich.

Eigentlich wollte ich nur nach München fahren und nicht über Sex reden. Aber der Mensch ist nicht nur ein Serientäter, er ist auch ein Serienredner, wenn man ihn nicht beizeiten stoppt. Worüber er einmal redet, darüber redet er immer wieder. Was unser Gespräch angeht, trägt Catrin die volle Verantwortung.

»Und diese Freiheiten räumt er seiner Frau auch ein?«, frage ich.

»Ja, sagt er.«

»Das heißt, sie darf auf Dienstreise ihre diplomatischen Beziehungen bis zur restlosen Hingabe und Erschöpfung pflegen.«

»Ja, angeblich.«

»Und tut sie es?«

»Das weiß er nicht, er ist ja nicht dabei.«

»Darf sie es ihm erzählen?«

»Er sagt, sie soll es für sich behalten.«

»So wie er dich für sich behält.«

»Ja.«

»Das heißt, beide dürfen treiben, was sie wollen, sollen es aber gefälligst voreinander geheim halten.«

»Ja, so ungefähr.«

»Das ist ein Modell«, stelle ich fest.

»Also, du findest es gut?«, fragt sie.

»Nein, aber es ist ein Modell. Es ist ein Pakt. Wenn beide damit einverstanden sind und damit alt werden können, sollen sie es so machen. Die Frage ist eher ...«

»Was ist die Frage?«

»Die Frage ist, wie du dich dabei fühlst.«

»Ich?«

»Ja.«

»Schlecht.«

»Warum tust du es dann?«, frage ich.

»Mangels Alternativen.«

Und jetzt erzählt sie mir etwas über Männer, das man als Mann nicht unbedingt hören will, zumindest nicht ungefiltert. Deshalb ist der Zeitpunkt gekommen, da ich mir von dem vorletzten Fläschchen, das mich seit Längerem anblinzelt, einen kleinen Schluck genehmige.

Catrin bezieht sich auf Männer in ihrer Altersreichweite. Ich bin erleichtert, dass ich mich da knapp nicht mehr zugehörig betrachten darf und mich ganz auf mein empathisch-distanziertes Kopfnicken zurückziehen kann.

Ihre These: Alleinstehende Männer dieser Sparte sind ausnahmslos zu vergessen. Und sie hat dank der entsprechenden Internetportale, wo die möglichen Kandidaten wie Ölsardinen geschichtet sind (und oft auch so aussehen), eine stattlich repräsentative Stichprobe genommen, das darf ich ihr glauben, sagt sie.

Diese Männer sind entweder prinzipiell unvermittelbar. Oder sie sind geistig träge, dümmlich, dämlich, ungebildet, stumpfsinnig, schwachköpfig, hirnrissig. Oder sie haben zwar Niveau, müssen aber gerade die Trennung von ihrer Frau verkraften, dann kann man mit ihnen bestenfalls abends ins Konzert gehen, zur tragischen Symphonie von Schubert.

Oder sie haben zwar die Trennung von ihrer Frau verkraftet, aber nicht die von ihren Kindern, denen die Wochenenden gehören, zum *Uno*-Spielen, Ketchup-mit-Pommes-und-Burger-Essen, Fantasyfilm-Schauen, Kino, Sky, Apple TV, Netflix, die ganze Palette für grüne Gesichter und viereckige Augen. Catrin kann aber gern mitkommen. Nein danke.

Oder die Männer haben Niveau und müssen auch keine Trennung verkraften. Weil eine Trennung ein Zusammensein vorausgesetzt hätte, zu dem sie nicht fähig oder nicht willens sind.

Da gibt es die Hoffnungsgruppen der jungen Noch-nicht-Fähigen. Bei denen müsste man ganz von vorne anfangen, so quasi wie küsse ich unter Beteiligung der Zunge. Das ist Catrin zu mühsam. Und schließlich die Gruppe der Noch-nicht-Willigen. Die müsste man einkassieren, domestizieren und von der Außenwelt abriegeln, da ist sie nicht der richtige Typ dafür, da fehlt ihr die mütterliche Strenge.

Wer bleibt übrig? Gebundene Männer, liierte Männer, verheiratete Männer.

»Männer in festen Händen«, fällt mir dazu ein.

»Genau«, erwidert sie.

Von den verheirateten Männern, die man als Frau à la Catrin näher kennenlernt, sind achtzig Prozent unglücklich verheiratet, und zwar auf charakterlich so schöne, feinfühlige Weise, dass es deren Frauen großteils noch gar nicht wissen – und auch gar nicht wissen sollen, das könnte sie verletzen. Die Männer sind aber, dessen ungeachtet, intensiv auf der Suche nach einer Alternative fürs weitere Leben, in einer vorerst nur nebenbei geführten, aber an sich fixen und später einmal ewigen Secondhand-Partnerschaft mit einer möglichst unkomplizierten, mit beiden Beinen im Leben stehenden, unternehmungslustigen, zu vielem bereiten und für alles offenen Frau wie Catrin.

Eher seltener kommt es deshalb vor, dass diese Männer mit ihren Langzeitfrauen noch wunderbar und ausreichend Sex haben und es ihnen daheim nur an guten Gesprächen, langen gemeinsamen Spaziergängen und kulturellen Abenteuern mangelt. Nein, es ist eher umgekehrt. Und zwar eher ausnahmslos, also immer. Okay, es reicht: Diese Männer scheiden für Catrin allesamt aus.

Verbleiben die zwanzig Prozent »glücklich Verheirateten«. Deren Botschaft ist klar. Sie wollen mit ihren Partnerinnen alt werden oder haben sich zumindest damit abgefunden, dass es so sein wird. Doch ein bisschen Spaß zwischendurch, ein bisschen Aufregung, ein bisschen Herzklopfen, die sogenannte Würze, könnten sie schon ganz gut gebrauchen, und dafür werfen sie sich auch ordentlich ins Zeug. Da können sie sich von Seiten zeigen, die sie selbst gar nicht mehr an sich kannten, die aber einst der Grund waren, warum sie von ihren Partnerinnen geschätzt, geliebt und letztlich auserwählt worden sind.

Sie haben es nicht verlernt. In ihren kurzen Ehekarenzen sprühen sie plötzlich wieder vor Charme und brillieren mit Originalität und Witz.

Für ein paar ihrem Familienalltag abgetrotzte Tage und Nächte im Monat legen sie einer Frau wie Catrin die Welt zu Füßen. Es ist nur ihre kleine, spießig begrenzte, streng geheime Reserve- und Ausnahmewelt, aber immerhin.

»Und so einer ist Richard«, kombiniere ich.

»Ja.«

»Warum auch nicht«, fällt mir nach längerer Pause dazu ein.

Da ist mir freilich nichts Großartiges eingefallen, muss ich gestehen.

»Jedenfalls besser als nichts«, findet Catrin.

Klingt auch nicht restlos begeistert.

»Und dafür fährst du extra nach München?«

»Ja, auch dafür«, sagt sie.

»Auch? Wofür noch?«

»Egal.«

»Gibt es noch einen zweiten Richard?«

»Nein, einer genügt.«

»Sondern?«

»Das erzähle ich dir … bei unserem nächsten Treffen.«

Ich bin überrascht.

»Wir treffen uns wieder?«

»Ich denke schon, man trifft sich bekanntlich immer zweimal«, sagt sie.

Lächeln eins. Sie kriegt, was sie verlangt. Außerdem hat sie soeben einen Schluck von meinem Rotwein genommen. Das sehe ich gar nicht gern. Da bin ich wirklich empfindlich.

# Rosenheim (Teil 1)

*Ein paar Worte zu Rosenheim, in dessen Stationsnamen der Zug unwiderruflich Deutschland erreicht hat und einmal kräftig durch alle Düsen schnauft, bevor es ab nach München geht.*

*Rosenheim? Kenne ich. So wie man sagt: Venedig? Kenne ich. Markusplatz. Tauben. Regen. Gummistiefel. Schlechte Pizza, dafür recht klein. Aber sonst sehr schön. Tolle Stadt. Muss man gesehen haben.*

*Etwa so gut kenne ich Rosenheim. Genauer gesagt kenne ich eine Pferderanch am Rande von Rosenheim. Es war ein Familienausflug zu Ehren unserer Tochter, Prinzessin Tanja, die sich an Salzburger Kühen im Tennengau sattgesehen und in einem unachtsamen Moment einen Prospekt von Rosenheim mit einer stolz auf der Titelseite thronenden bayerischen Stute zu Gesicht bekommen hatte. Genau dieses Pferd musste sie haben, um auf seinem Rücken durch die noch fremden deutschen Lande zu ziehen, das war uns nach einigen tränenreichen Stunden klar.*

*Ich fasse zusammen: drei Stunden Anreise inklusive Grenzstau, Pommes, Eis- und Kotzpause. Unter einer Staubwüste die Umrisse einer Pferdekoppel. Die Stute war leider gerade vergriffen – vermutlich auf PR-Tour für die Gemeinde. Dafür ließen sich zwei überwuzelte und ein wenig wohlstandsverwahrloste (entfernte) Verwandte nach anfänglichem Widerstand problemlos streicheln und dabei von dem Schmeißfliegengeschwader befreien, das sie umkreiste.*

*Zu reiten gab es dort – nicht viel. Aber immerhin stellte sich ein derangiertes graues Pony, dem man offenbar zu viel Cannabis ins*

*Heu gemischt hatte, in den Dienst der guten Sache. Es seufzte tief und jammervoll, es wäre wohl selbst gern der Reiter gewesen. Nach drei Minuten rund um die Stallungen war Tanjas Reitlust gestillt. Und ihr trotzig-entschlossener und allenfalls zu Kampfmaßnahmen bereiter Blick verriet uns: Das war Rosenheim!*

*Muss man es gesehen haben? Fragen Sie Prinzessin Tanja.*

Catrin schnappt frische Luft und baut bestimmt ein paar Dehnübungen ein, schätze ich. Ich bin im Abteil geblieben und habe mir die soeben zitierten Rosenheimer Notizen gemacht. Mir selbst gefallen sie ja ganz gut, weil ich dabei an meine kleine Süße und unsere damals viel zu gering geschätzten gemeinsamen Abenteuer denken kann.

Aber nein, ich bin nicht stolz auf diese Zeilen. Und ich brauche schnell noch einen Schluck Rotwein, um mir vorstellen zu können, wie ich den Mut fasse, sie den Münchnern als Textprobe für mein geplantes ... mein geplantes ... also mein noch in Überarbeitung begriffenes und hier nur flüchtig anskizziertes Essayprojekt – die Alternative zum Alkohol-Buchprojekt – unter die Nase zu reiben.

Sollte ich den Text tatsächlich herzeigen, werde ich dazusagen, dass ich mir über Aufbau und genauen Inhalt noch wenig Gedanken gemacht habe. Mir ginge es hierbei ausschließlich um den satirischen Ton, in dem mein deutsch-österreichisch-schweizerischer Stationsführer-Essay mit dem Arbeitstitel »In einem Zug« verfasst sein soll.

Nein, ich werde nicht »satirischer Ton«, sondern »komödiantischer Ton« sagen. Die Buchverleger und Theaterleute, die an Lesern und Zuschauern interessiert sind, verabscheuen nämlich das Wort »Satire«, noch dazu völlig zu Recht.

Satire nennt sich heute alles, wozu einem Autor gleichzeitig der Humor und die Ernsthaftigkeit fehlen. Satire ist das Leben draußen. Und vor allem das Leben drinnen, im Netz. Satire ist die zeitgemäße Ausdrucksform zur Beschreibung der nackten Wirklichkeit, um nicht »bittere Realität« zu sagen. Satire ist die Waffe der sozialen Medien, unter Einsatz derer sie die Meinung der Masse, also die Ahnungslosigkeit, zu einer neuen Wissenschaft erheben.

Satire ist somit die einzige objektivierbare Wahrheit abseits der Werbung und jedenfalls keine Kunstform mehr, so auch keine Herausforderung für die Literatur. Nichts für Kreative. Und nichts fürs Publikum. Gelebte Satire – damit ist man in der Tagespolitik viel besser aufgehoben und wird von ihr ungleich reichhaltiger versorgt als von der Kultur.

Noch ein Wort zu meinem Essayprojekt. Die Münchner haben es bereits mehrmals abgelehnt. Ich werde trotzdem noch ein letztes Mal versuchen, es ihnen zu verkaufen. Das ist, ehrlich gestanden, eine reine Hinhaltetaktik von mir. Ich stelle mich blöd. Und ich gewinne damit Zeit. Unter uns: Es ist mein ganz persönliches Satireprojekt für München. Weder lustig noch ernst. Aber wirklich.

Catrin kommt zurück und wirft mir und dem letzten Weinfläschchen je einen bemüht verständnisvollen Blick zu. Ich lasse gerade meine Unterlagen verschwinden und fürchte, dass sie mich darauf ansprechen wird. Macht sie aber nicht. Sie gibt mir noch ein paar Sekunden Zeit, nickt mir wohlmeinend zu, scheint zu prüfen, ob eh noch alles in Ordnung ist mit mir und ob ich entsprechend belastbar bin für die nächste Runde. Dann tut sie nämlich genau dort weiter, wo sie vor Rosenheim aufgehört hat.

»Und was ist euer Modell?«, fragt sie.

»Was meinst du?«

»Was habt ihr für einen Pakt?«

»Wer?«

»Regina und du.«

Wenn ich ganz ehrlich bin, spüre ich gerade ziemlich den Alkohol. Und ich habe das Bedürfnis, diese Frage, auf die es im Grunde keine Antwort gibt, weil »wir« (auf das »wir« komme ich vielleicht später noch zu sprechen, wenn ich nicht darauf vergesse), weil wir, Gina und ich, die Antwort stattdessen einfach leben, ohne groß darüber nachzudenken, ich habe also das Bedürfnis, diese Frage mit möglichst klug klingenden Worten zu beantworten. Deshalb sage ich: »Wir haben ein Drei-Leben-Modell.«

»Was bedeutet das? Jetzt bin ich aber neugierig«, sagt sie.

»Also. Unsere Beziehung besteht aus drei Lebensperspektiven, aus einem Ich, einem Du und einem Wir. Was mich betrifft: Ich lebe erstens mein eigenständiges Leben. Ich lebe zweitens das eigenständige Leben von Gina als ihr Lebensbegleiter mit. Und ich lebe drittens das Leben zu zweit mit ihr, also unser gemeinsames Leben. Und bei Gina verhält es sich entsprechend. Mir ist zumindest nichts Gegenteiliges bekannt. Also haben wir insgesamt sogar sechs Leben, nein, fünf Leben, das gemeinsame haben wir ja nur einmal.«

Das gefällt Catrin, ich wusste es. Da kann sie als Therapeutin noch etwas vom alternden Autor lernen, auch wenn es nur Phrasen sind. Das Problem ist, dass ich mein soeben ins Leben gerufenes Drei-Leben-Modell natürlich näher erklären muss. Und da wird sie unerbittlich sein, so gut kenne ich sie bereits.

Ich bin jedenfalls neugierig, auf welches meiner drei Leben sie sich stürzen wird, und konzentriere mich in meinen Ausführungen deshalb einmal sicherheitshalber auf das dritte, das gemeinsame. Das bietet ihr wahrscheinlich die geringsten Angriffsflächen.

Es geht ja im Grunde auf folgende Binsenweisheit zurück: Man muss in einer Beziehung möglichst viele Dinge, die Spaß machen, möglichst gerne und möglichst oft zu zweit machen und diese Zweisamkeiten über die Jahre hegen und pflegen. Man darf sie also, zum Beispiel über das Trennende gemeinsamer Kinder hinweg, nicht verlernen. Hausnummer: Reisen. Konzerte. Schöner

Wohnen. Essen. Theater. Wandern. Wein trinken. Baden. Ski fahren. Filme schauen …

Das ist die Kurzversion. Die längere endet damit, dass Catrin, die mir angeregt zuhört, eine ihrer Augenbrauen für meinen Geschmack etwas zu hoch hinaufzieht.

»Ja, ich weiß«, sage ich.

»Was weißt du?«

»Das klingt in deinen Ohren vielleicht etwas …«

»Spießig?«, fragt sie.

»Nenne es spießig, von mir aus. Aber so ein gediegenes Spießertum zu zweit ist härter erarbeitet, als es den Anschein hat.«

Außerdem hat sich diese Idee von Zweisamkeit erst über die Jahre entwickelt, das war nicht unser ursprüngliches Programm. Gina hätte sich auf dem Absatz umgedreht, wenn ich ihr mit der Pflege gemeinsamer Interessen dahergekommen wäre.

Wir dachten, wie alle frisch Verliebten, die sich in ihrer innigen Umarmung unbesiegbar fühlen, die Welt sei nur eine Randerscheinung außerhalb unserer selbst, eine Kulisse, ein Abenteuerpark, allenfalls ein Feinkostladen zum Stillen unseres Erlebnishungers.

Wir waren keine Wilden. Uns war nicht danach, Bäume auszureißen, Ozeane zu durchqueren und Schallmauern zu durchbrechen. Wir legten es romantisch an, pflückten uns jede Nacht einen anderen Stern vom Firmament und nahmen ihn zu uns ins Bett.

In der erstbesten Stunde, in der sich da so etwas wie Gewohnheit einzuschleichen begann, kamen wir auf die glorreiche Idee, an einem Baby zu basteln, an unserem »gemeinsamen Wunschkind für die Zukunft«.

Vorsicht, dreifaches Oxymoron! Ein gemeinsames Kind entzweit. Ein Wunschkind wünscht selbst. Ein »Kind für die Zukunft« ist hautnahe Gegenwart, um nicht zu sagen: vierundzwanzig Stunden Echtzeit exklusive Überstunden. Zu spät.

Als Tanja da war, schafften wir es nicht mehr, uns Sterne vom Himmel zu holen, wir schliefen vorher ein. Und die gesammelten Sterne in unserem Bett hörten auf zu leuchten und zogen sich zurück. Sie vertrugen kein irdisches Stakkato aus Strampeln und Geplärre.

Gina und ich reagierten auf die tagesfüllenden Bedürfnisse unserer kleinen Prinzessin eher ausweichend, jeder überließ dem je anderen den Vortritt. Das machten wir uns bald gegenseitig zum Vorwurf, wie jede Schwäche oder auch nur Pause, die sich der eine auf Kosten und Mühen des anderen zu leisten erlaubte.

Ich war in der bevorzugten Rolle. Ich hatte Glück. Ich hatte Erfolg. Ich war der Besserverdienende. Ich durfte länger arbeiten. Ich durfte meine Liebesromane schreiben. Ich brannte dafür. Denn so blieb ich in Kontakt zu unseren Sternen und konnte sie schriftlich zum Leuchten bringen. Zudem gönnte ich mir und meinem Ego ausgiebige Freigänge in Form von Lesereisen. Gina drückte alle vier Augen zu, ihre zwei und jene Tanjas. Immerhin brachte ich ja einiges an Geld nach Hause.

Ich erinnere mich noch gut an unser erstes Rendezvous in der neuen Welt. Es erwies sich als Blind Date. Sie hieß zwar noch immer Gina, aber ihre Blicke suchten in meinen vergeblich nach Halt, und ihre Hand fühlte sich fremd an. Nicht wegen der raueren Haut, sondern in der Art, wie sie meine Hand berührte und ich ihre Berührung erwiderte. Wir streichelten uns nicht, wir tätschelten uns gegenseitig Mut zu. Und unsere Küsse waren zaghaft und baten um Nachsicht und Geduld.

Ein trauriges Treffen? Keineswegs. So waren wir nicht. Wir prosteten uns mit unseren Rotweingläsern zu und zwinkerten einander an wie die verschworenen Komplizen, die wir waren. Wir belächelten milde unser rührig um uns bemühtes Candle-Light, das tatsächlich glaubte, uns die Sterne ersetzen zu können.

Und an intimem Gesprächsstoff mangelte es uns ohnehin nicht: Zum Beispiel waren bei Tanja oben schon wieder ein, zwei Zähne locker, und es galt, stellvertretend für die konsumtechnisch überforderte Zahnfee, eine Auswahl an bald anstehenden Trostgeschenken für den Zahnverlust zu treffen.

Noch bevor der minütlich zu erwartende Alarmanruf der Babysitterin eintreffen konnte, beschlossen wir, dass es ein wunderschöner Abend war und dass wir so etwas Ähnliches von nun an öfter machen sollten. Unsere Wiederbegegnung zu zweit war sogar noch ausbaufähig, da war jede Menge Luft nach oben, dessen waren wir uns sicher.

Überdies könnten wir ja daheim … eventuell … vielleicht … sofern Tanja schon schläft … und wir selbst munter genug sind … wir könnten ja … noch gemeinsam … einen Film anschauen? Gute Idee.

»Und der Sex?«, fragt Catrin.

Na klar. All meine Bemühungen, das Thema stilvoll zu umkreisen, waren vergebens. Ich hatte vergessen, mit wem ich hier sitze. Vielleicht sollte ich den Schaffner rufen, um ihm mitzuteilen, dass ich mich von dieser Frau hier belästigt fühle, und ihn fragen, ob man sie aus dem Abteil entfernen kann, sie möge den Herrn Photovoltaik-Ramazzotti im weißen Sakko damit beglücken. Nein, geht nicht, der ist ja in Rosenheim ausgestiegen. Aber egal, sie findet schon wen. Vielleicht sogar den Schaffner selbst.

»Wie oft habt ihr Sex?«, fragt sie.

Meine möglicherweise letzten Worte vor dem Schaffnerruf lauten: »Sooft wir wollen.«

»Aber oft will nur der eine und die andere nicht«, weiß Catrin.

»Manchmal auch umgekehrt«, ergänze ich als emanzipierter Mann.

»Und wie ist das bei euch?«

Herr Schaffner!

»Wer weniger will, setzt sich bei uns durch«, fällt mir doch noch ein.

»Und wie geht derjenige, der mehr will, damit um?«

»Gelassen.«

»Du meinst, er geht fremd.«

»Nein, das meine ich nicht.«

»Du bist nie fremdgegangen?«

Im Zweifelsfall und weil man zwar als Zeuge zur Wahrheit verpflichtet ist, nicht aber als Angeklagter, in dessen Rolle ich mich offenbar gerade befinde: »Nein.«

»Und Regina auch nicht?«

»Da musst du Gina fragen, die weiß es wahrscheinlich besser als ich. Mir ist jedenfalls nichts Gravierendes in dieser Richtung aufgefallen.«

»Ihr seid beide in all den Jahren niemals fremdgegangen? Das gibt es nicht. Das glaube ich dir nicht.«

Ich bleibe wortlos, ziehe heftig die Augenbrauen hinauf und hinunter und gebe ihr hoffentlich das Gefühl, dass sie soeben eine der unsinnigsten Fragen gestellt hat, auf die man eine ehrliche Antwort zu kriegen erwartet. Aber sie hat eine Antwort von mir gekriegt.

»Und wie seid ihr mit dem Verlust eurer Leidenschaft umgegangen?«, fragt sie.

»Welcher Verlust?«

»Eurer Leidenschaft.«

»Was meinst du?«

»Na ja, irgendwann ist ja der Ofen aus.«

So. Jetzt reicht es mir. Jetzt ist es so weit. Mein Ofen ist aus. Jetzt mache ich etwas Unübliches, und dabei hilft mir wieder einmal der gute alte Alkohol beziehungsweise dessen Wirkung. Ich sage ihr Folgendes ins Gesicht: »Liebe Catrin …«

Die Anrede betone ich schon einmal feierlich und bedeutungsschwanger.

»Liebe Catrin, du bist doch eine intelligente, niveauvolle, empathische …«

Was fällt mir noch ein?

»Eine gescheite, reflektierte, kluge Frau.«

»Aber nein«, sagt sie.

Lächeln drei. Vollironisch. Also, sie meint, da habe ich natürlich vollkommen recht.

»Wieso, bitte, wieso musst du andauernd über meinen Sex und meine Leidenschaft reden? Sollte ich da etwas wissen? Willst du dich aussprechen?«

Jetzt ist sie still und lächelt alle ihre Lächelvarianten durch auf der Suche nach der passenden, die sich gar nicht so leicht finden lässt.

»Ich kann mir schon vorstellen, dieser … Richard beschäftigt dich. Du hast ihn länger nicht gesehen. Du bist vielleicht ein bisschen aufgeregt …«

»Ich bin überhaupt nicht aufgeregt«, protestiert sie.

»Oder aufgewühlt.«

»Ich bin auch nicht aufgewühlt.«

»Aufgeganselt«, wäre mir dazu noch eingefallen. Aber ich will es nicht übertreiben.

»Es ärgert dich einfach, wie verlogen diese Geschichte ist. Wie leicht er es sich macht. Er genießt die Stunden mit dir. Dann geht er heim zu seiner Familie. Er hat sein Sicherheitsnetz. Er hat die Geborgenheit.«

»Auf so eine Geborgenheit kann ich verzichten.«

»Und du bist allein, fällst wahrscheinlich in ein Loch.«

»Ich falle in kein Loch. Und ich bin heilfroh, allein zu sein. Das kannst du mir glauben.«

Sie hat übrigens eine ziemlich kräftige Stimme, wenn sie will oder wenn sie nicht anders kann.

»Jedenfalls wächst in jeder Sekunde dein Hass auf alle glücklichen Ehen dieser Welt«, sage ich.

»Das stimmt nicht …«

»Und da kommt dann einer wie ich daher, zur falschen Zeit im falschen Zug, ein Schriftsteller, der über die Liebe geschrieben hat und dem irgendwann einmal der Stoff ausgegangen ist. Das ist natürlich ein gefundenes Fressen für dich.«

»Blödsinn.«

»Nämlich einer, der dann auch noch behauptet, eine wirklich gut funktionierende Zweierbeziehung zu führen, die zu einer Zeit begonnen hat, als du gedanklich noch bei deinem rothaarigen Englischlehrer warst.«

»Er war nicht rothaarig«, schreit sie.

»Ja, da sitzt einer und spricht von einer glücklichen Beziehung, aber das willst du jetzt nicht hören. Das kannst du, dank Richard, das kannst du momentan so überhaupt nicht gebrauchen …«

Sie will mich unterbrechen, ich gebe ihr aber keine Chance. Ich bin nicht mehr zu bremsen, ich bin so richtig in Fahrt gekommen. Unter uns: die volle Satire. Aber es macht trotzdem mächtig Spaß.

»Da versuchst du natürlich hineinzubohren, die Schwachstelle zu erkennen, den Fehler zu finden, und da ist es dann leicht, bei einem … schon etwas älteren Mann wie mir, da ist es dann leicht und gut und recht und billig …«

»Halt«, ruft sie.

»Da musst du praktisch nur eins und eins zusammenzählen, um dahinterzukommen, was da wohl das passende Thema sein wird, wo er in die Knie gehen wird. Der Sex. Natürlich. Die Leidenschaft, klar, das ist bei ihm sicher alles auf der Strecke geblieben. Seine Frau langweilt sich daheim zu Tode. Oder vergnügt sich mit einem jungen, agilen Arbeitskollegen, von dem der müde Schriftsteller natürlich nichts weiß. Er und sie gehen höchstens noch wandern oder spazieren, wegen der Anstrengung. Oder Golf spielen, Gott behüte. Sonst läuft da nichts. Wenn er das Wort Sex nur hört, zuckt er schon zusammen. Schreiben kann er auch nicht mehr. Da stechen wir jetzt voll hinein …«

»Nein. Nein. Nein. Stopp. Stopp. Stopp«, ruft sie.

Ende des Redeschwalls. Ich bin fertig. Pause. Ich lehne mich erschöpft, aber zufrieden zurück. Mein Mund ist trocken. Wasser ist hier weit und breit keines in Sicht. Am besten, ich genehmige mir einen Schluck Wein.

»Lieber Eduard, ganz ehrlich«, sagt sie.

Sie beruhigt sich, sie nimmt das Tempo heraus, der Zug dümpelt übrigens auch gerade nur so vor sich hin. Sie lächelt mir zu. Sie lächelt mich an. Keine der Varianten, einfach nur aufrichtiges, mildes, gütiges Lächeln.

»Lieber Eduard, ganz ehrlich. Ich finde es schön, wie du eure Beziehung verteidigst. Wie du über Regina redest. Ich finde es wirklich schön. Bitte glaub mir das.«

Sie fasst mich, wie sagt man, sie fasst mich gerade mit Glacéhandschuhen an. Und diesen behutsamen Ton erwidere ich gerne.

»Liebe Catrin, dann verrate mir bitte, worauf du mit deinen Fragen abzielst. Worum geht es dir? Was willst du?«

»Was ich will?«

»Ja.«

Sie denkt nach. Ich vermute, sie weiß nicht, was sie will. Oder sie weiß, was sie will, weiß aber nicht, wie oder ob sie es mir sagen will.

»Ich will.«

»Ja?«

»Ich will das Geheimnis einer guten Beziehung ergründen.«

»Das Geheimnis einer guten Beziehung? Da gibt es kein Geheimnis. Vielleicht ist das das Geheimnis.«

In aller Bescheidenheit: Das sind Sätze, mit denen andere Autoren berühmt geworden wären, und jeder dritte Provinz-Paartherapeut von Wien-Hütteldorf bis Rosenheim würde mit dem Zitat seine Sitzungen eröffnen. Einzig mein Münchner Lektor, der hätte mir wahrscheinlich eine rote Wellenlinie darunter gemacht. Und er hätte dazugeschrieben: »Widerspruch!« Oder sogar: »Wortwiederholung!« (In Klammern: Geheimnis!) Aber egal. Jetzt wiederhole ich es, ihm zufleiß.

»Das Geheimnis einer guten Beziehung ist, dass es kein Geheimnis gibt.«

Damit ist alles und nichts gesagt, und das war immer schon meine Stärke.

»Du meinst, dass man keine Geheimnisse voreinander hat?«, fragt Catrin.

»Nein, das meine ich nicht.«

»Sondern?«

Kurzer Einschub: Mein aktuelles Problem ist, dass ich mich nicht mehr so gut konzentrieren kann. Irgendwie will ich aus dem Gespräch schön langsam aussteigen. Oder eigentlich sogar schnell aussteigen, am besten gleich. Am allerliebsten wäre ich erst gar nicht eingestiegen. Hätte man mir vorher gesagt, dass ich hier im Zug das Geheimnis einer guten Beziehung anhand eines frisch erfundenen Drei-Leben-Modells erklären muss, und zwar unter Berücksichtigung des gewohnheitsbedingten zweierpartnerschaftlichen Leidenschaftsverlusts und dem daraus resultierenden Generalverdacht des sexuellen Fremdgängertums, ich schwöre, dann hätte ich den Münchentermin krankheitsbedingt abgesagt ohne Rücksicht auf die katastrophalen persönlichen Folgen.

Auf der anderen Seite sehe ich Catrin, wie erwartungsvoll sie an meinen Lippen hängt. Auch wenn es mir nach wie vor ein Rätsel ist, warum sie das tut, so will ich sie nicht enttäuschen.

Das ist nämlich mein zweites Problem, sogar mein noch viel größeres, mein prinzipielles: Menschen, die ich einmal kenne, will ich geradezu zwanghaft nicht enttäuschen. Das ist der Grund, warum ich möglichst wenige Menschen kennenlernen will.

Menschen, die man kennt, nicht zu enttäuschen ist nämlich auf Dauer wahnsinnig anstrengend. Und sie letztlich doch zu enttäuschen ist schmerzlich. Überhaupt, wenn man sie schon ein bisschen lieb gewonnen hat. Und indem man sie kennt, gewinnt man sie lieb, da kann man oft gar nicht anders. Weil ja jeder Mensch im Grunde etwas Liebenswertes an sich hat. Leider.

Würden alle ähnlich ticken wie ich, dann gälte im Umkehrschluss: Wir können nur Menschen hassen, die wir nicht kennen. Nein, ich komme jetzt nicht mit dem Fremdenhass daher, ich schwinge hier keine Moralkeule. Das soll jeder für sich daheim machen oder noch besser in der Wahlkabine, das wäre mein hoffnungslos naiver Wunsch.

Ich glaube, es ist noch viel simpler: Man kann sich nämlich nicht selbst hassen, zumindest tut einem das auf Dauer nicht gut. Also hasst man lieber andere, stellvertretend für sich und seine Schwächen. Man hasst sie, indem man sich einredet beziehungsweise eingeredet bekommt, sie seien anders, nämlich schlechter als man selbst. Und sie wollen einem selbst nur das Allerschlechteste. So legitimiert man seinen Hass. Das gelingt aber nur, wenn man sie nicht kennt. Denn würde man sie kennen, würde man zugeben müssen, dass sie gar nicht so viel anders sind als man selbst. Und würde man sie noch besser kennen, dann wären sie vielleicht sogar liebenswert.

Bei mir sind es zum Beispiel die Autofahrer. Ja, ich hasse Autofahrer, vor allem wenn ich gerade selbst hinter dem Lenkrad sitze. Gina würde es bestätigen: Ich kann über niemanden herzhafter »So ein Arschloch« sagen als über einen anonymen Fahrer in einem Arschloch-Auto, das mich gerade von hinten bedrängt und seine Arschloch-Lichter aufblendet. Fast noch schlimmer sind diejenigen, die vor mir herumschleichen, die unmotiviert bremsen, die ohne Blinksignal die Spur wechseln oder Schlangenlinien fahren, weil sie gerade ihr Scheiß-Handy bedienen oder sich ihre Scheiß-Playlist mit ihren Scheiß-Hip-Hop-Super-Scheiß-Hits neu einspeichern. Ich hasse sie.

Und dann kommt Gina, das heißt, sie kommt nicht, sondern sie sitzt leider neben mir im Auto und sagt: »Reg dich nicht auf, du bist ja um nichts besser.«

Dann erkläre ich ihr – sofern ich mich nicht noch mehr aufrege, denn nichts befeuert eine Aufregung mehr als der strenge Imperativ einer Lebenspartnerin auf dem Beifahrersitz, die einem zu verstehen geben will, dass man kein Recht hat, sich aufzuregen –, ich erkläre ihr also, was den Unterschied ausmacht.

Bei mir geschieht es, wenn es geschieht, und es geschieht sehr selten, aber wenn, dann unabsichtlich. Doch der da, in seinem Arschloch-BMW, in seinem Angeber-SUV, in seinem Millimeter-Blech, aus dem seine Minderwertigkeitskomplexe herausschreien, egal, wer es gerade ist, der macht es, um mich zu ärgern, der spielt seine Macht aus, der will mich provozieren, zur Weißglut bringen, der stiehlt mir meine Lebenszeit, der kostet mich meine letzten Nerven. Ja, den kann ich aus tiefster Seele genussvoll hassen.

Aber wehe, ich treffe mit so einer Hassfigur bei der nächsten Raststätte zusammen, zum Beispiel mit dem, der es gerade besonders eilig hatte, der mir hinten beinahe draufgefahren ist. Jetzt steigt er aus, rennt auf mich zu – ich sehe sein Gesicht. Na ja, jeder Mensch, wie er halt aussieht, das kann man ihm nicht zum Vorwurf machen, oder? Er beugt sich zu mir, hält mir einen Fünfeuroschein entgegen, fragt, ob ich wechseln kann, er braucht dringend eine Münze für die Toilette. Er zappelt, er presst die Beine zusammen, er ist in höchster Not. Na ja, sicher, ich bin ja kein Unmensch. Wechseln kann ich zwar nicht. Aber ich habe immer eine Fünfzigcentmünze dabei. Die schenke ich ihm, die gebe ich ihm mit auf den Weg, wünsche ihm viel Glück und eine kurze, ungestörte Anreise. Eigentlich ein netter Kerl. Und wie er sich gefreut hat. Ich hingegen hadere mit dem Schicksal. Wieder ein Autofahrer weniger, den ich nach Herzenslust hassen kann.

Das war zwar kein kurzer, sondern ein etwas längerer Einschub. Aber egal. Falls es noch nicht klar herausgekommen ist: Ich mag Catrin, und ich will sie nicht enttäuschen, obwohl mir ihre Fragerei schon einiges an Substanz abverlangt hat. Ich mag, wie sie mich gerade erwartungsvoll anschaut, mit den vielen Fragezeichen im bläulich grünen Moosfeld ihrer Augen. Und was ich ganz besonders an ihr mag: Sie mag mich auch, obwohl sie noch kein Buch von mir gelesen hat. Sie mag mich, sonst würde sie jetzt nicht zum Minifläschchen greifen, den letzten Schluck in mein Glas füllen und es mir feierlich in die Hand drücken. Ihre Botschaft ist klar. Ich soll weiterreden. Über die Liebe, im engsten Sinn, nämlich über meine Liebe, über meine Beziehung. Davon kann sie offenbar nicht genug kriegen, warum auch immer. Bitte, gerne, wenn ich ihr damit eine Freude mache. Ich habe ohnehin nichts Besseres zu tun.

»Das Geheimnis einer guten Beziehung ist, dass es kein Geheimnis gibt«, habe ich gesagt.

»Du meinst, dass man keine Geheimnisse voreinander hat?«, hat Catrin gefragt.

»Nein, das meine ich nicht.«

»Sondern?«

»Dass man einfach gern mit dem anderen zusammenlebt. Oder, in meinem Fall, mit der anderen.«

»Mit Regina.«

»Ja. Gina. Ich sage Gina zu ihr.«

»Ist mir aufgefallen. Darf ich weiterhin Regina sagen? Gefällt mir besser. Klingt stärker.«

Sie ist zwar auch als Gina stark genug, aber egal. Kurze Pause.

»Und du lebst einfach gern mit ihr zusammen?«, fragt sie.

»Ja.«

»Immer noch?«

»Ja klar, immer noch. Immer schon. Immer noch. Und immer wieder.«

Sie würde sich freuen, wenn sie mich so hören könnte.

»Warum?«

Tausend Gründe. Neunhundertneunundneunzig behalte ich für mich.

»Weil … weil es einfach angenehm ist mit ihr. Meistens. Außer beim Autofahren vielleicht.«

Ich schätze, wir sind bald durch. Aber sie holt noch einmal gefährlich tief Luft.

»Was ist das Schöne einer Beziehung nach so vielen, vielen Jahren Zusammenleben?«

Ich denke, das ist der letzte schwierige Fragenkomplex. Und ich will mich, ihr zuliebe, wirklich um klare, abschließende Antworten bemühen.

»Dass man es gemeinsam geschafft hat«, sage ich.

»Was?«

»Das Leben. Zumindest bisher.«

»Ist es schöner, weil es schwieriger ist, ein Leben gemeinsam zu schaffen als allein?«

»Das weiß ich nicht, ich habe noch nie ein Leben allein geschafft, zumindest kann ich mich nicht daran erinnern. Vielleicht als Regenwurm einmal. Oder als Einsiedlerkrebs.«

Solche Sätze verdanke ich dem Bordeaux. Ich werde ihn vermissen.

»Aber frag am besten einen Bergsteiger. Der wird dir mit Sicherheit sagen, dass es schöner ist, einen Gipfel zu zweit bestiegen zu haben als allein. Man hat sich gegenseitig geholfen. Man hat sich gegenseitig motiviert. Man hat den Partner aufgebaut, hat ihm Mut zugesprochen. Man hat die Verantwortung für das Wohlergehen des anderen übernommen. Und jetzt kann man sich doppelt und dreifach freuen. Man freut sich für sich. Man freut sich für den anderen. Und man freut sich über das gemeinsame Gipfelerlebnis. Das entspricht übrigens genau meinem Modell. Meinem … wie habe ich es genannt? Meinem Drei-Leben-Modell. Eins zu eins.«

Ich bin selbst überrascht, dass ich da noch einmal die Kurve hinbekommen habe.

Catrin nickt nur halbherzig entzückt.

»Die Gefahr ist aber groß, dass man gemeinsam abstürzt«, sagt sie.

»Abstürzen kann man allein auch.«

»Aber zu zweit zieht man sich möglicherweise gegenseitig in den Abgrund.«

Meine Güte, diese Frau ist pessimistisch. Dabei sieht sie gar nicht so aus.

Sie fährt fort: »Das wäre dann das Drei-Abstürze Modell. Man leidet, weil man selbst abgestürzt ist. Man leidet mit der Partnerin, weil sie ebenfalls abgestürzt ist, wofür man vielleicht auch noch verantwortlich ist. Und man leidet angesichts des gemeinsamen Absturzerlebnisses.«

»Bravo«, erwidere ich.

»Wieso?«

»Ich glaube, du bist wirklich nicht geschaffen für eine Bergwanderung zu zweit.«

»Sage ich ja. Ich bin ein hoffnungsloser Fall.«

»Am besten, du bleibst beim Marathonlauf. Da bist du für dich allein und kannst auch nicht tief fallen, wenn du stürzt.«

Das war der Restalkohol. Sie lacht. Ich lehne mich zurück. Ich denke, wir sind durch. Irrtum. Ihr geht die Luft einfach nicht aus.

»Und, Regina und du, habt ihr den Gipfel schon erreicht?«, fragt sie.

»Ja klar, mehrmals. Wir haben spektakuläre Gipfelstürme erlebt.«

Unter uns: Das war vielleicht etwas übertrieben. Der erste und höchste Gipfel ist uns ja quasi zugeflogen, das war im Rausch unserer großen Verliebtheit, da sind wir sogar von oben gekommen, quasi aus allen Wolken gefallen und waren froh, wieder festen Boden unter den Füßen zu haben.

Der zweite Gipfel war schwer erkämpft, das war echte Knochenarbeit. Wir mussten drei, vier Jahre nach Tanjas Geburt wieder ganz unten in der Talsohle beginnen, mühten uns mit jedem Höhenmeter, spürten ständig Gegenwind. Unter Unlustgefühle mischten sich Irritationen und Verlockungen, andere, spannendere Pfade zu beschreiten. Da standen wir einige Male am Scheideweg, spielten nicht nur einmal mit dem Gedanken, es doch besser auf eigene Faust zu probieren. Sagten uns dann aber: Jetzt sind wir so weit gekommen, jetzt werden wir die nächsten Etappen auch noch gemeinsam bewältigen. Augen zu und durch.

So ging es ewig weiter. Ein Gipfelkreuz sahen wir nie, aber auf dem Hochplateau war die Aussicht atemberaubend, zumindest an Sonnentagen, und mit solchen waren wir zum Glück reich gesegnet.

Tja, und einen weiteren Gipfel erreichten wir zu dritt. Tanja wurde genötigt, uns zu begleiten. Der Aufstieg war mitunter schwindelerregend und nichts für schwache Nerven. Unsere Tochter wehrte sich mit Händen und Füßen dagegen, wollte abwechselnd getragen werden oder ihre eigenen Wege gehen, ließ sich unvermutet zurückfallen, versteckte sich, verlor sich – und war dann doch heilfroh, dass wir sie immer wiedergefunden und mit hinaufgeschleppt haben.

Als Tanja zweiundzwanzig Jahre war, waren wir oben, und sie sagte: »Tschüss.«

Wir: »Wohin willst du?«

Sie: »Weiter. Woandershin. Da runter, da nach hinten, da rüber, irgendwohin.«

Wir: »Sollen wir nicht mitkommen?«

Sie: »Nein.«

Wir: »Wann sehen wir dich wieder?«

Sie: »Immer wieder.«

Wir: »Du wirst uns fehlen.«

Sie: »Ich bin ja nicht aus der Welt.«

Nein, zum Glück, das war sie nie. Im Gegenteil. Ein paar Jahre später, just als wir endlich aufhörten, ständig Ausschau nach ihr zu halten, kam sie uns auf breiten Almwegen direkt entgegen. Mit einer Herde exotisch anmutender Tiere im Schlepptau.

Aber davon vielleicht später. Denn Catrin wird langsam ungeduldig und will mir nicht länger beim Schwelgen in Erinnerungen zusehen.

»Und jetzt?«, fragt sie.

»Was jetzt?«

»Wo seid ihr jetzt, Gina und du?«

»Über den Berg.«

»Ich verstehe. Da geht es in flachere Gefilde.«

»Ja, sehr angenehm. Wir haben unsere Schäfchen ins Trockene gebracht. Jetzt gleiten wir dahin«, sage ich.

»Dann seid ihr ja bald in der Tiefebene angelangt.«

»Catrin!«, warne ich sie.

Als Nächstes kommt vielleicht die Steppe. Und danach die Wüste.

»Und da will man dann keine Liebesromane mehr schreiben.«

Und da will man dann keine Liebesromane mehr schreiben, hat sie soeben gesagt. Ich staune. Ich begreife. Hochinteressant. Darauf wollte sie also hinaus. Das war Start und Ziel ihrer Rundwanderung mit mir.

Ich beobachte sie ja schon die längste Zeit. Sie wirkt konzentriert und fokussiert. Sie ist nicht der Typ Frau, der einfach so ins Blaue daherredet, der nur dampfplaudert und einen nach allen Regeln der Kunst ausquetscht, weil sie neugierig ist und ihr vielleicht das nötige Distanzgefühl fehlt. Oder weil sie gerne Schlüssellochfantasien entwickelt. Oder damit eine langweilige Zugfahrt schneller vergeht.

Nein, sie hat einen Plan. Sie verfolgt ein Ziel. Sie will mich verstehen. Sie will nachvollziehen können, warum ich keine Romane mehr schreibe. Sie wollte und will es hinterfragen. Wahrscheinlich ist sie eben eine besonders gute Therapeutin. Sie hat wohl erkannt, dass genau darin mein Problem liegt.

Ich kann nicht mehr liefern. Ich habe keine Lust mehr. Ich habe keine Ideen mehr. Mir fällt nichts mehr auf. Mir fällt nichts mehr ein. Ich bin satt. Ich bin bequem. Ich ziehe mich in mein wohliges Zuhause zurück. Ja, richtig, mit Gina. Allein würde ich es nicht tun. Das ist die Kehrseite des Geheimnisses meiner guten Beziehung. Das ist die geheime Seite. Das ist die Tiefebene unserer Harmonie.

Denn wenn man schreibt, wenn man richtig gut schreiben will, setzt man sich immer intensiv und kritisch mit der Zufriedenheit auseinander. Entweder sie fehlt einem, dann jagt man ihr nach. Oder man kennt sie und setzt sich über sie hinweg. Oder man hat sie, aber man gibt sich mit ihr nicht zufrieden. So kann man gute Bücher schreiben. Nur so.

Nichts davon trifft mehr auf mich zu. Ich bin zufrieden, und ich fühle mich verdammt wohl dabei. Ginas Schuld und Tanjas Beitrag. Wir haben es uns heimelig eingerichtet. Die Dinge nehmen ihren Lauf. Dazu ist kein Kraftaufwand mehr nötig. Alle Hürden gemeistert. Der Weg ist vorgezeichnet. Keine Trittsicherheit erforderlich. Es geht flach dahin.

Genügt das? War es das schon? Kommt nichts mehr? Ich kann es nicht glauben. Manchmal leide ich unter meinem Glück. Manchmal wünschte ich, das Schicksal würde es nicht gar so gut mit mir meinen. Manchmal hoffe ich, dass er plötzlich vor uns auftaucht, unvermutet – der riesige Berg. Wir schlagen die Hände über dem Kopf zusammen und sagen: O nein, da müssen wir rauf, da müssen wir rüber? Schaffen wir das?

Aber ja, wir haben es immer noch geschafft. Also los. Augen zu und durch. Stürmen wir den Gipfel!

»Was hast du?«, fragt sie.

»Gar nichts.«

»Du schaust so …«

»Wie schaue ich?«

»So ernst.«

»Ja?«

»Habe ich was Falsches gesagt?«

»Nein, was Richtiges.«

»Was?«

»Ich kann keine Bücher mehr schreiben.«

»Das habe ich nicht gesagt.«

»Aber es ist so.«

»Willst du nicht, oder kannst du nicht?«

»Ich will nicht. Und ich kann nicht. Aber ich sollte.«

»Echt? Ist das ein Problem?«

Sie weiß es. Aber nett, dass sie trotzdem nachfragt.

»Ja.«

»Willst du darüber reden?«

Eigentlich nicht. Aber warum eigentlich nicht? Ich könnte ihr von meinem Termin in München erzählen. Der holt mich ohnehin demnächst ein. Und es wäre eine würdige Vorbereitung. Aber zunächst muss ich wieder munter werden.

»Ich hole mir einen Kaffee. Willst du auch einen?«, frage ich.

»Nein, lieber so eine kleine Flasche Weißwein. Oder Sekt. Was sie haben.«

Ich stehe auf. Sie lächelt. Erst Lächeln fünf, Nase gerümpft, Schulmädchenstreich. Danach Lächeln sechs. Sie beobachtet ein herziges Kaninchen, das gerade eine Karotte frisst.

# Rosenheim (Teil 2)

Ich habe ordentlich eingekauft. Ich habe sozusagen die Bar der Zugkantine geplündert. Unter dem Arm eingeklemmt trage ich zwei achselkühlende Mineralwasserflaschen. In der linken Hand jongliere ich Kaffee und zwei Ziegel Marmorkuchen, optisch nicht gerade die Erfüllung. Ein Marmorkuchen ist ja zumeist schon von Geburt an eine staubtrockene Angelegenheit. In diesem Fall kommt der Kuchen noch dazu aus Budapest – und der Marmor möglicherweise aus China. Egal. Ich brauche eine Sättigungsunterlage für meinen Abendtermin, und sie hatten eben nichts anderes.

Schließlich in meiner rechten Hand – drei Minifläschchen Sekt, eines laut Bestellung für Catrin, die anderen zwei für unser Abschiedslebewohl in München, das wäre zumindest der Vorschlag, den ich ihr gleich unterbreiten werde.

Den Sekt nimmt sie mir noch am Gang ab, wo sie mich freudestrahlend empfängt, als würde ihr ein Stein vom Herzen fallen, dass ich noch einmal den Weg zu ihr zurückgefunden habe. Den Rest verteile ich auf unserem Fensterpult.

Jetzt machen wir es uns noch eine halbe Stunde so richtig gemütlich. Denn eigentlich geht es uns gut. Ja, auch mir. Eigentlich darf ich mich überhaupt nicht beschweren. Und ja, ich gebe es zu, ich habe dieses gewisse Problem mit den Büchern und mit München. Aber meine aktuelle Überlegung: Wenn Catrin es jetzt nicht explizit anspricht, dann lassen wir es doch besser unter den Tisch fallen.

Probleme werden nämlich erfahrungsgemäß nicht kleiner, wenn man sie einer Außenstehenden am Ende einer gesprächsintensiven Bahnfahrt mitteilt. Außerdem handelt es sich bei dem meinen ohnehin um ein klassisches Luxusproblem. Und das Problem bei einem Luxusproblem ist ja in den seltensten Fällen das Problem selbst, sondern nahezu immer der Luxus. Hat man ihn nicht, so will man ihn um alles in der Welt. Hat man ihn, so will man ihn um alles in der Welt nicht verlieren. Beides stresst ungemein und lenkt einen von den wichtigen Dingen im Leben ab, zum Beispiel Zugfahren mit Catrin, wenn sie einmal aufgehört hat, über Sex zu reden.

Ich trinke also meinen Kaffee und merke, wie die paar eingeschlafenen Lebensgeister wieder erwachen. Sie prostet mir mit ihrem Sektgläschen zu und teilt mir mit, wie schön es ist, mich kennengelernt zu haben, und wie angenehm kurzweilig die Fahrt war. Ich sage ungefähr das Gleiche mit ganz anderen Worten, auch nicht rasend originell, aber so, dass sie merkt, dass ich es nicht gesagt hätte, wenn es nicht so wäre.

Dann entsteht eine kurze Pause, wo wir beide so vor uns hin lächeln, aber ganz ohne Ein- oder Aufdringlichkeit, nicht dass der eine den anderen fragen muss, warum er (oder sie) lächelt, und der andere dann gezwungen ist, die Phrase »Ach, einfach nur so« zu verwenden.

Ich überlege, welches Kompliment ich noch schnell nachliefern könnte. Naheliegend wäre etwas über ihr Aussehen und wie sie es präsentiert, aber darüber werde ich keine Silbe eines Wortes verlieren, das ziehe ich beinhart durch bis nach München.

Dann kann sie ihren Freunden oder von mir aus auch gern dem Herrn Richard erzählen, dass sie im Zug Eduard Brünhofer kennengelernt hat und dass dieser sie vor allem charakterlich beeindruckt hat, weil er ihr (ihren eigenen verbalen Sexattacken zum Trotz) auf rein geistiger Ebene begegnet ist und ausschließlich an ihren inneren

Werten interessiert war. Das mache für sie einen Mann von Welt aus.

Während ich also noch auf der Suche nach dem passenden Kompliment bin, fällt sie mir quasi ins unausgesprochene Wort beziehungsweise in den vorbereitenden Gedanken und sagt: »Regina muss eine tolle Frau sein.«

»Äh, ja, schon«, erwidere ich.

Es überrascht mich gar nicht mehr. Bei Catrin führen immer alle Wege zu Gina, egal aus welcher Richtung, vermutlich auch aus dem Nirwana.

»Warum muss Gina eine tolle Frau sein?«, will ich dann trotzdem wissen. Daran misst sich nämlich der Grad des Kompliments an mich.

Folgende Möglichkeiten:

1. Weil Gina so einen tollen Mann hat. (Zehn Punkte.)

2. Weil er ihr über die vielen Jahre hinweg die Treue gehalten hat. (Sieben Punkte.)

3. Weil sie ihm über die vielen Jahre hinweg die Treue gehalten hat. (Zwei Punkte.)

4. Weil sie ihn über die vielen Jahre hinweg ertragen hat. (Null Punkte.)

»Also, warum muss Gina eine tolle Frau sein?«

»Ach, das glaube ich einfach. Ich versuche gerade, sie mir neben dir vorzustellen.«

(Sagen wir fünf Punkte.)

Ich behaupte ja, dass Frauen prinzipiell viel mehr an Frauen interessiert sind als an Männern. Auch Männer sind zumeist mehr an Frauen interessiert als an Männern. Männer sind für Männer zumeist entweder Konkurrenten oder Spielgefährten oder Leidensgenossen. Aber im Grunde interessiert sich kein Schwein für sie. Deshalb drängen Männer weltweit vehement an die Macht, um mit Gewalt auf sich aufmerksam zu machen, also eigentlich aus purer

Not und Verzweiflung, weil sie mit Ausnahme der Mama von keiner Frau länger als notwendig (nämlich höchstens bis zur Geburt des ersten Kindes) beachtet werden. Das ist meine Theorie. Okay, ist noch nicht ganz ausgereift. Vielleicht werde ich daran feilen.

»Und wie ist sie so?«

»Gina?«

»Ja.«

»Toll«, sage ich.

Ich lache kurz auf, aus Freude über meine gelungene Antwort.

»Ich stelle sie mir sehr lebendig und eher extrovertiert vor.«

»Ja, sie kann sehr lebendig sein«, erwidere ich.

»Also nicht so der schüchterne Typ. Sondern eher resolut. Eine Frau, die mit beiden Beinen im Leben steht.«

»Ja, das steht sie«, bestätige ich.

»Eine Frau, die weiß, was sie will.«

»Ja, das weiß sie.«

»Und die es auch sagt.«

»Ja, das tut sie.«

Deshalb weiß nämlich auch ich, was sie will. Ich weiß nur nicht ganz genau, was Catrin will. Aber vielleicht komme ich da auch noch dahinter.

»Ich würde sie gern kennenlernen.«

»Gina?«

Unter uns: Ich halte das für keine so berauschend tolle Idee.

»Ich glaube, wir beide würden uns blendend verstehen.«

»Wahrscheinlich.«

Das war jetzt eher die Unwahrheit. Ich schätze, Catrin wäre nicht so ganz Ginas Fall.

Nach einer ersten Begegnung würde Gina über Catrin etwa Folgendes sagen: Fesch. Jung. Beneidenswert sportlich. Sicher nicht blöd. Modisch na ja, aber sie kann es sich leisten. Herzlich. Offen.

Geradeheraus. Aber in allem ein bisschen »too much«. Zu sehr »mit dem Arsch ins Gesicht«. Auf Dauer anstrengend. Frage: Gefällt sie dir? Zusatzfrage: Was will sie von dir?

»Und wie sieht sie aus?«

»Gina?«

»Ja, wie würdest du sie beschreiben?«

Also ehrlich gesagt würde ich sie gar nicht beschreiben. Ich habe mir erstens gerade ein Stück Marmorkuchen in den Mund geschoben, womit ich meinen Sprachfluss für längere Zeit trockengelegt habe. Und ich habe zweitens in meinen Romanen bereits Hunderte Frauen beschrieben, ich habe mich mit Frauenbeschreibungen tatsächlich über alle Maßen verausgabt. Ich will keine Frau mehr beschreiben müssen. Schon gar nicht meine eigene.

Deshalb greife ich spontan zu einer ganz und gar ungewöhnlichen Maßnahme, zu meinem iPhone, also in meinen Rucksack, wo sich das Gerät befinden müsste. Und ich betrete nun vollkommenes Neuland, indem ich frage: »Willst du ein Foto von ihr sehen?«

Natürlich will sie ein Foto von ihr sehen. Sie will sogar mehrere Fotos von ihr sehen. Alle Leute wollen Fotos von wem sehen. Und noch mehr Leute wollen Fotos von wem herzeigen.

Wenn es einmal überhaupt nichts mehr zu tun geben wird auf der Welt, weil alle Arbeitsprozesse in die imaginären Hände der künstlichen Intelligenz gewandert und alle Freizeitmöglichkeiten dem Klimawandel zum Opfer gefallen sind, wenn die Leute von sich aus nur noch selbstständig schlafen, surfen und essen müssen oder dürfen, wie werden sie sich wohl die Zeit dazwischen vertreiben? Sie werden digitale Fotos machen. Sie werden digitale Fotos schicken. Sie werden digitale Fotos herzeigen. Sie werden digitale Fotos anschauen.

Und wenn die Menschheit aufgrund steter Verblödung rechtmäßig und endgültig ausgestorben ist, und es hat nur noch ein Einziger überlebt, weil ja immer einer der Letzte sein muss: Was wird der wohl machen? Na sicher. Selfies! (Im Hintergrund: Weltuntergang.) Und wem wird er sie schicken? Gute Frage. Vermutlich sich selbst.

Ich bin eine Ausnahme. Ich besitze und benutze noch einen echten sogenannten »Fotoapparat«. Das ist ein schwergewichtiger, unhandlicher kleiner Kasten, mit dem man außer Totschlag tatsächlich nichts anderes machen kann als Fotos.

Wäre ich heute Lehrer, also kein Englischlehrer, sondern sagen wir Grundschullehrer, würde ich den Kindern gerne erzählen: Als ich noch zur Schule ging, hat man Fotos erst »entwickeln« lassen müssen. Da hat man in den Fotoapparat vorher einen Film eingelegt, genauer: eine kleine Filmrolle, nein, keine Hauptrolle, auch keine Nebenrolle, sondern eine physisch greifbare Spule. Und auf dieser Rolle entstanden dann, wenn man mit dem Apparat »geknipst« hat, also auf einen kleinen Knopf gedrückt hat und aufgepasst hat, dass man nicht »verwackelt«, auf dieser Rolle entstanden dann quasi die Fotos. Nein, halt, Moment! Zuerst hatte man nur einen »Negativfilm« in der Hand. Das war kein trauriger Film, sondern eher ein ziemlich dunkler, graubrauner. Vom Negativfilm hat man dann die besten Fotos zur Entwicklung ausgesucht, obwohl das beinahe unmöglich war, weil man aufgrund der Dunkelheit des Negativfilms kaum erkennen konnte, welches Foto besser war als welches andere. Verschwommen waren die Bilder letztlich alle, weil man nie ganz ruhig gehalten hat, wenn man geknipst hat. Aber egal. Man hat nachher wenigstens etwas in der Hand gehabt. Nein, kein Handy, sondern Fotos, Bilder, echte, aus Papier. Was Papier ist? Das erkläre ich euch nächstes Mal.

Egal. Ich bin natürlich mit der Zeit gegangen. Meine aktiv tätige Fotokamera ist vergleichsweise hochmodern und macht schöne echte Positivfotos, die ich einerseits selbst in der Hand halten kann, die mir Gina und Tanja aber zusätzlich in die Cloud ziehen, sodass sie nun auch in meiner Mediathek aufscheinen und ich meiner netten und an Gina hochinteressierten Zugbekanntschaft Catrin nur noch das Handy überreichen muss, damit sie meine Frau ansehen kann. Ich setze mich neben Catrin und schaue ihr über die Schulter.

»DAS ist Regina? Ein Jugendfoto?«, fragt sie.

»Nein, das ist Tanja, meine Tochter.«

»Sehr hübsch. Sieht dir überhaupt nicht ähnlich.«

»Danke. Sie geht mehr nach Gina.«

Catrin, feierlich: »UND DAS IST ALSO JETZT REGINA.«

»Ja, Gina.«

»Wow.«

Catrin ist begeistert.

»Die ist ja süß.«

Na ja, süß?

»Genau so habe ich sie mir vorgestellt.«

»Wirklich?«, sage ich.

»Das ist ein nettes Foto von euch beiden.«

Tanja und ich.

»Und hier die ganze Großfamilie. Die schauen ja alle zum Brüllen lustig aus.«

Catrin lacht laut auf. Sie ist gerade auf Tanjas Herde gestoßen.

»Meine Tochter ist Veterinärmedizinerin und züchtet Alpakas«, erkläre ich.

»Toll.«

»Ja, toll.«

»Wunderschöne Gegend. Wo seid ihr da?«

»Im steirischen Hügelland.«

»Idyllisch. Urlaub?«

»Nein, privat.«

»Und wem gehört das Grundstück?«

»Uns.«

»Echt? Und das entzückende Haus da?«

»Auch uns.«

Mit »uns« meine ich mir und der Bank. Oder, besser gesagt, der Bank und mir.

»Das ist ja irre schön, eine richtige alte Herrschaftsvilla.«

»Ja.«

»Und wer hält das Haus in Schuss?«

»Wir. Also eigentlich hauptsächlich Gina. Es ist ihr …«

»Paradies«, sagt Catrin.

Ich wollte eigentlich sagen: Lebenstraum, den sie sich erfüllt hat. Also wir haben ihn ihr und gleichzeitig auch uns erfüllt, wir alle: Gina, Tanja, die Alpakas, ich und die Bank. Das lässt sich schwer auseinanderdividieren. Leider.

»Ein Paradies«, wiederholt Catrin.

»Ja, das ist das richtige Wort.«

»Wahnsinn.«

Auch das ist das richtige Wort. Und ich merke, dass ich gerade in eine leichte sentimentale Phase schlittere, weil mir automatisch München ins Hirn schießt.

»Das muss ja ein Vermögen gekostet haben«, sagt Catrin.

Sie ist intuitiv wie immer auf dem aktuellen Stand meines Denkvermögens.

»Ja, billig war es nicht«, sage ich.

Zumindest nicht so billig wie meine Antwort.

»Da stecken wahrscheinlich deine ganzen Liebesromane drin.«

»Kann man sagen. Nicht vom Herzblut her, aber vom Geldblut ganz bestimmt«, erwidere ich.

»Und …?«

»Ja?«

Sie dreht sich zu mir. Ich spüre, wie sie mit ihrem Blick durch meine rechte Schläfe in das Innere meines Kopfes eindringt, meine

Gedanken freilegt und sie mühelos, quasi in Großbuchstaben, ablesen kann.

»Es wird vermutlich auch kostspielig sein, so ein Grundstück zu erhalten.«

»Ja, das ist extrem kostspielig.«

Ich stecke mein Handy ein, setze mich wieder auf meinen angestammten Platz, schaue Catrin tief in die Augen und sage: »Und deshalb fahre ich gerade nach München.«

»Weshalb?«, fragt sie.

Ach was, Luxusproblem hin oder her, ich muss es jetzt einfach loswerden. Und nachher stoßen wir mit Sekt darauf an, dass irgendwie doch noch alles zu einem guten Ende findet.

Also: Meine Münchner Verlegerin wartet, so wie mein Publikum, seit ungefähr zehn Jahren auf einen neuen Roman von mir. Der gravierende Unterschied zwischen Publikum und Verlegerin besteht darin, dass das Publikum schön langsam aufhört, darauf zu warten, während die Verlegerin beim Warten jetzt erst so richtig in Fahrt kommt.

Es gibt nämlich noch einen Unterschied: Dem Publikum bin ich im Grunde nichts schuldig. Beim Verlag stehe ich hingegen seit fünf Jahren unter Vertrag. Und ich habe für mein neues Werk, es sollte ein Liebesroman in der Art von *Tanz im Eis* sein, schon einen satten Vorschuss eingestreift.

»Was ist ein satter Vorschuss?«, fragt Catrin.

»Sehr viel Geld, das man schon vorher bekommt.«

»Das weiß ich auch. Aber wie viel?«

»Egal.«

»Mich würde es interessieren.«

»Ich rede nicht gern über Finanzielles.«

»Du brauchst nicht darüber zu reden. Du brauchst mir nur eine Zahl zu nennen.«

»Hunderttausend.«

»Wow.«

»Wohnzimmer, Küche und Dach«, sage ich.

»Bitte?«

»Damit haben wir unser Wohnzimmer und unsere Küche saniert und eingerichtet. Wir mussten den Holzboden komplett neu verlegen. Und wir mussten das gesamte Hausdach neu decken lassen.«

»Und der Roman?«, fragt sie.

Ach ja, der Roman. Er hätte im vergangenen Frühjahr erscheinen sollen. Aber leider ist mir etwas dazwischengekommen, nämlich die Erkenntnis, dass ich keinen Liebesroman mehr schreiben kann. Stimmt nicht ganz: Ich habe insgesamt wahrscheinlich sogar mehr als dreihundert Seiten geschrieben. Aber immer nur die ersten zwanzig Seiten, in ständig neuen Anläufen. Okay, zuletzt waren es nur noch je fünf bis zehn Seiten. Die haben mir genügt, um zu bemerken, dass es nicht mehr funktioniert.

Es ergibt nämlich wenig Sinn, an einem Buch weiterzuschreiben, bei dem einem als Schreiber bereits nach dem ersten Kapitel das Gesicht einschläft, vom Rest des Körpers will ich gar nicht reden und vom Geist erst recht nicht. Es waren also nur Fragmente, schlechte Anfänge von Geschichten, mit denen ich nichts zu tun haben wollte, in denen ich mich nicht fand.

Ich bin aus diesem Alter herausgewachsen. Ich will mich in keine Liebenden mehr hineinfühlen, die meine Kinder sein könnten. Ich will aber auch nicht über heiße Liebe im siebenten Frühling schreiben. Nicht über flammende Begierden unter Rentnern und Altersteilzeitbeschäftigten. Nicht über Schmetterlingspräparate im Bauch. Kurzum, nicht über das sogenannte »späte Glück«, wie es mir meine Verlegerin Mal für Mal händeringend ans Herz zu legen versucht.

Nein, liebe Verlagschefin, liebe Frau Weber, liebe Evelyn. Es gibt kein frühes Glück, und es gibt auch kein spätes Glück. Es gibt Glück, es gibt Unglück, und es gibt manchmal auch Glück im Unglück. Das ist alles, und zwar vom ersten bis zum letzten Tag des Lebens.

»Aber, Edi, kaum einer schreibt so voll von Leidenschaft wie du«, behauptet sie. Der Begriff von Leidenschaft, liebe Evelyn? Maßlos überschätzt. Ich leide lieber unter Rückenschmerzen als unter Liebesfantasien und unerfüllbaren Wünschen erfundener Romanfiguren. Die Art von Liebe, wie ich sie früher beschrieben habe, ist für mich gegessen.

Die Liebe, die ich lebe, ist anderer Natur. Es ist meine private Liebe, die gehört mir, die verträgt sich nicht mit den Illusionen und Sehnsüchten eines ewig nach Gefühlsräuschen heischenden Leserpublikums. Ich liebe Gina, wenn ich sehe, mit welcher Hingabe sie unsere Fensterauslagen dekoriert. Ich liebe Tanja, wenn ich beobachte, wie sie ihre Alpakas streichelt und ihnen ihre Geheimnisse zuflüstert. Das ist meine Leidenschaft. Das ist meine Liebe. Die lebt in meinem Alltag. Die findet keinen Platz in einem Buch.

»Da bin ich anderer Meinung«, sagt Catrin.

Das Moosgrün ihrer Augen glänzt, als hätte es darauf geregnet, und ihre Wangen haben sich zum ersten Mal, seit ich sie kenne, rötlich gefärbt. Sie hat mir wie gebannt zugehört. Sie hat sich sogar einige Male auf ihre Lippen gebissen, wie man es im Kino macht, wenn der Killer nachts beim Fenster des Opfers hineinlugt oder bereits in der Duschkabine wartet.

Ich hatte jedenfalls den Eindruck, dass meine Anti-Liebesroman-Botschaft bei ihr angekommen ist. Meine Worte haben ihr Gemüt bewegt. Sie ist, ja, ich sehe es, sie ist richtig gerührt und aufgewühlt. Davon will sie aber nur das Notwendigste herzeigen. Also räuspert sie sich und zwingt sich zu größtmöglicher Sachlichkeit im Ton.

»Da bin ich anderer Meinung.«

»Worin?«

»Dass deine Liebe keinen Platz in einem Buch finden sollte.«

»Wie meinst du das?«, frage ich.
»Ich würde gerne davon lesen.«
»Wovon?«
»Von deiner Liebe.«
»Tatsächlich?«
»Ja, das wäre das Buch von dir, das mich mit Abstand am meisten interessieren würde.«
»Geht aber leider nicht.«
»Warum nicht?«
»Weil das erstens meine ganz persönliche Geschichte ist.«
»Eben deshalb. Und zweitens?«
»Weil du wahrscheinlich die Einzige bist.«
»Worin bin ich die Einzige?«
»Die sich dafür interessiert.«
»Das glaube ich nicht«, sagt sie.
»Und drittens …«
»Ja?«
»Drittens – zu spät.«
»Zu spät wofür?«
»Zu spät für München.«
»Was heißt das?«

Das heißt: Mein Roman, für den ich den Vorschuss schon kassiert beziehungsweise bereits ausgegeben respektive der Bank in den Rachen geschoben habe, wurde aus oben genannten Gründen leider auf Eis gelegt. Der Verlag hat mir eine Gnadenfrist bis Jänner gewährt.
»Jänner nächsten Jahres?«, fragt Catrin.
»Nein, Jänner diesen Jahres. Also Jänner vor drei Monaten.«
Das war die erste Gnadenfrist. Ein Autor wie ich, der dem Verlag schon Millionenumsätze beschert hat, erhält zum Glück noch eine zweite Gnadenfrist. Unglück im Glück: Die zweite Gnaden-

frist läuft Mitte Mai ab. Das ist in fünf Wochen, genauer gesagt in vier Wochen und drei Tagen. Das ist der endgültige Abgabetermin. Und zwar nicht nur der endgültige, sondern der letztmögliche.

»Und was bedeutet das?«

»Dass mein Manuskript bis dahin fertig sein muss.«

Catrin lächelt. Lächeln sechs. Zur Erinnerung: Sie beobachtet ein Kaninchen, das gerade eine Karotte frisst.

»Welches Manuskript?«

»Das Manuskript für mein neues Buch.«

»Und wo ist es?«

»Das werden sie mich in wenigen Stunden in München auch fragen.«

»Und was wirst du antworten?«

»Dass es genau zwei Möglichkeiten von Büchern gibt, für die ich in viereinhalb Wochen ein fertiges Manuskript vorlegen kann.«

Ich erinnere sie an mein Alkohol-Sachbuch und erzähle von meinem heiter-satirischen, nein, komödiantisch-vergnüglichen Stationsführer quer durch das deutschsprachige Europa.

Sie verdreht ein bisschen die Augen und nickt ähnlich begeisterungsresistent mit dem Kopf, wie ich es mir auch von der Münchner Verlagsgesellschaft demnächst wieder erwarte.

»Aber wollten die nicht einen Liebesroman von dir? Steht das nicht so in deinem Vertrag?«

»Eigentlich schon.«

»Ist das üblich, dass man dann einfach irgendwas anderes abliefern kann?«

»Nein, das ist unüblich.«

»Aber du bist eben Eduard Brünhofer. Und da nehmen sie alles.«

Der erste Teil stimmt, der zweite leider nicht. Ich will ehrlich sein und verrate ihr, dass sie mir für beide Projekte bereits mehrmals grellrotes Licht ins Auge geleuchtet haben. Und dass ich heute

Abend einiges an Überzeugungsarbeit werde leisten müssen, um vielleicht doch noch einen Durchbruch zu erzielen.

»Und wenn sie es wieder ablehnen?«

»Dann kann ich ihnen auch nicht helfen.«

»Aber wer kann dir dann helfen?«

»Wie meinst du das?«

»Ich meine, was passiert dann mit dem Geld?«

»Mit welchem Geld?«

»Mit deinem Vorschuss.«

»Ach so, mit dem. Na ja.«

»Na ja?«

»Den werde ich wohl zurückzahlen müssen.«

»Wie, wenn er schon ausgegeben ist?«

»Da werde ich mit der Bank reden.«

»Oje, das klingt nicht gut«, findet sie.

»Wieso? Das sind doch auch nur Menschen.«

»Eben.«

Kurze Pause. Sie schaut ziemlich betreten drein. Ich habe das Gefühl, sie macht sich gerade mehr Sorgen um meine Sorgen als ich, sodass für mich kaum noch welche übrig bleiben. Mir selbst geht es nämlich erstaunlich gut, ich fühle mich richtig erleichtert. Es war wie die Generalprobe für München.

»Und dass du ihnen doch noch schnell etwas über die Liebe schreibst?«

»Doch noch? Schnell? Über die Liebe? Das passt bei mir leider vorne und hinten nicht zusammen.«

»Und wenn du es trotzdem probierst?«

»Lieb von dir, Catrin. Wirklich lieb. Aber keine Chance.«

»Wieso?«

»Da ist der Zug bereits abgefahren.«

# München Ost

*Ohne Gurt und Seil löst du in einer sicheren Absprunghöhe kniffelige Bewegungsprobleme in der Vertikalen. Dabei trainierst du nicht nur deinen ganzen Körper, sondern auch dein Köpfchen. Bouldern ist eine sehr kommunikative Sportart und macht einfach unglaublich viel Spaß.*

Weil mich Catrin gerade gefragt hat, wie ich mir meinen essayistischen Bahnstationsführer vorstelle. So ähnlich. In den zitierten Notizen beziehe ich mich auf die Station »München Ost«, wo wir noch ein letztes Mal haltmachen, bevor es in einem Zug an die Zieleinfahrt München-Downtown geht.

Also wie bin ich vorgegangen? Zuerst habe ich mir überlegt, ob mir zu »München Ost« spontan etwas Nennenswertes einfällt. Erwartungsgemäß leider nein. In einem zweiten Schritt habe ich nachgeschaut, was dem Internet zu »München Ost« einfällt. Unumstrittene Nummer eins: der Ostbahnhof. Das überrascht wenig. Aber nun die Sensation: Platz zwei geht an die oben zitierte »Boulderwelt«. Die muss von immenser ideeller Bedeutung für die Region sein, suggeriert das Netz, und was das Netz einmal suggeriert, ist praktisch nicht mehr von der Hand zu weisen. Werbung hat ja das Faktische allerorts bereits fest im Griff.

Dazu kommt, dass »Ost« gegenüber »West« in unserer westlich geprägten Welt von vornherein einen schweren Stand hat. Da muss ich erst gar nicht politisch werden. Es reicht die Anatomie einer

Großstadt. Der Westen grün, frei, herausgeputzt und an jeder Ecke ein Porsche, überhaupt in Bayern. Der Osten grau, schmucklos, eingezäunt und stets eingeraucht von der schirchen Industrie, die es sich dort bequem gemacht hat, weil der Wind – nicht grundlos – zumeist aus westlicher Richtung weht. Man muss »München Ost« also gar nicht kennen, um zu wissen, dass es eine kleine Image-Kosmetik sicher gut vertragen kann. Mein Beitrag dazu: Ich stelle mich, fern jeder Boshaftigkeit einer Satire, ganz in den Dienst der fantastischen »Boulderwelt« mit ihren Kniffeligkeiten, um vertikal die Köpfchen meiner Leserschaft zu trainieren.

So. Wir haben unsere halb gefüllten Sektbecher bereits in der Hand und prosten uns zu. Catrin wirkt ein bisschen verkrampft. Sie weiß offenbar nicht so recht, was sie von meinen München-Ost-Ergüssen halten soll beziehungsweise ob sie mir zumuten soll zu verraten, was sie davon hält. Sie würde mir am Ende unserer gemeinsamen Reise lieber etwas Aufbauendes mit auf den Weg ins Verlagshaus geben, das spüre ich.

»Angenommen, sie genehmigen dir diesen … diesen … Stationsführer«, sagt sie.

Aha, sie probiert es also mit surrealem Zweckoptimismus.

»Ja?«, sage ich.

»Hättest du wirklich eine Freude damit?«

»Ja klar. Warum fragst du?«

»Weil ich es mir nicht vorstellen kann.«

»Was kannst du dir nicht vorstellen?«

Sie holt tief Luft.

»Eduard, ganz ehrlich.«

Oje.

»Ja?«

»Das bist doch nicht du.«

»Was bin nicht ich?«

»Dieses Buch.«

»Warum nicht?«

Ich beharre auf dem Standpunkt, dass man als Autor jedes Buch »ist«, das man schreibt, egal ob Biografie, Autofiktion oder Leichenzerstückelungs-Thriller. Oder mein vergleichsweise harmloser Stationsführer. Man ist als Autor entweder jedes seiner Bücher oder keines, absolut unabhängig davon, welches.

»Also warum willst du es schreiben?«, bohrt sie.

»Ehrlich?«, frage ich.

»Ja, ehrlich.«

»Weil mir nichts Besseres einfällt.«

Ich führe aus: Mir ist auch in den letzten dreizehn Jahren nichts Besseres eingefallen, aber da musste ich nichts produzieren. Jetzt ist es so weit. Ich habe zu liefern. Ich will meinen Vorschuss retten. Es geht um unser Haus, es geht um Ginas Paradies, es geht um Tanjas Alpakas, es geht um puren Luxus. Da hört sich der Spaß auf. Da endet die unermessliche Freiheit des Schriftstellers außer Dienst.

Deshalb beende ich hiermit die erfolglose Suche nach meinen allerbesten Gedanken, die sich irgendwo im Hinterkopf eingegraben haben, sollten sie überhaupt noch vorhanden und nicht schon von ersten Anflügen kreativitätsfeindlicher Frühdemenz in Beschlag genommen worden sein. Ich nehme meine erstbesten Gedanken, ich schreibe, was mir gerade einfällt. Haltestelle. Ich setze mich in irgendeinen Zug und schreibe in einem Zug. Zug um Zug sozusagen. Dieses Buch kann ich in vier Wochen schaffen. Das ist der einzige Grund, warum ich es tun würde. Der Konjunktiv deshalb, weil München da leider noch ein gewichtiges Wörtchen mitzureden hat.

»Und an dein Publikum denkst du dabei gar nicht?«

»Nein, ich nicht mehr. Das macht ohnehin der Verlag. Aber können wir jetzt bitte von etwas anderem reden?«

Das habe ich eher so nebenher gesagt und einen kräftigen Schluck

Sekt dazu genommen, der mir gerade vertikal in den Kopf klettert. Ich sage also: »Können wir bitte von etwas anderem reden?«

Ich wollte erst gar nicht auf ihre Antwort warten, sondern einfach – von etwas anderem reden. Aber plötzlich passiert etwas. Catrin erwidert nämlich mit einer schulmeisterlichen Strenge, die in keines meiner Bilder von ihr passt und völlig aus dem Zusammenhang unserer vierstündigen herzerfrischenden, bordeauxreichen Zufallsbegegnung plus Sektabgang gerissen ist: »Nein, Eduard, ich glaube, das können wir nicht.«

Und dazu verwendet sie ein ziemlich spaßloses Lächeln, das ich bisher noch nicht an ihr gesehen habe. Wie soll ich es beschreiben? Enorme Spannung an den Lippen. Die Kieferknochen pressen von innen gegen die Wangen. Scharfes, stechendes bläulich grünes Moos mit fast schon farnkrauthaften Zügen in den Augen, Wagemut im Blick. Sogar die Nase steht irgendwie unter Druck, dabei vergrößert sich der Durchmesser der Nasenlöcher. Diese Frau ist zu einer Tat bereit. Und diese Tat hat eindeutig etwas mit mir zu tun, so wie sie mich fixiert. Da drängt sich für mich natürlich die alles entscheidende Frage auf: »Was ist los mit dir?«

»Eduard«, erwidert sie.

Ich werte das als eher rudimentären Antwortversuch.

»Ja?«

Sie seufzt tief.

»Ich muss dir etwas gestehen.«

»Mir?«

Blöde Rückfrage, wem sonst, der Schaffner wird es wohl nicht sein, und der Italiener ist längst ausgestiegen. Mein erster Verdacht: Sie hat doch schon ein Buch von mir gelesen und findet es scheiße.

»Ja, ich muss dir sogar jede Menge gestehen.«

»Jede Menge?«

Vielleicht hat sie bereits jede Menge Bücher von mir gelesen und findet sie allesamt scheiße.

»Ich weiß gar nicht, wo ich beginnen soll.«

Eventuell mit dem ersten meiner Bücher, das sie scheiße gefunden hat? Langsam wird es nämlich spannend, wobei großspurig angekündigte Dramen selten stattfinden.

»Sag es einfach geradeheraus«, schlage ich vor.

»Nein, das geht nicht, dazu ist es zu viel.«

»Dann vielleicht der Reihe nach?«

Also ehrlich: Damit war nicht zu rechnen, dass ich einer Therapeutin, die ich erst ein paar Stunden kenne, Anleitungen würde geben müssen, wie sie mir gegenüber ein umfangreiches Geständnis ablegen kann.

Auch ganz neu an ihr: Verlegenheit, und zwar unverkennbare Spuren wie folgende: Sie greift zum Sektfläschchen, will zuerst sich selbst einschenken, hält inne, sieht mich an, schwenkt die Flasche zu mir und füllt mein halb volles Glas zur Gänze, sodass sich der Schaum nicht mehr einbremsen kann, über den Rand sprudelt und uns somit wertvolle Flüssigkeit verloren geht.

Danach beginnt sie herumzustottern, was für ein außergewöhnlich netter, sympathischer Mann ich sei. Wie sehr sie meine Ruhe und Besonnenheit zu schätzen gelernt habe. Wie angenehm wir es miteinander gehabt hätten, wie wohltuend unsere Gespräche gewesen seien. Also ganz in die Richtung: Sie möchte diese Zugfahrt niemals missen, sie wird sich ewig daran erinnern, sie wird sogar ihren Kindern einmal davon erzählen, sollte sie sich doch noch entschließen, welche zu bekommen, ja, das wäre sogar ein stichhaltiges Argument dafür, Kinder zu bekommen, damit sie ihnen später einmal von unserer Zugfahrt würde erzählen können. Ich übertreibe jetzt natürlich ein bisschen, aber das ist in etwa der Grundtenor ihrer feierlichen Ansprache. Nenne man es Schwärmerei. Nenne man es Lobhudelei. Nenne man es Komplimentverteilungsmanie.

Und dann gleich noch ein kräftiger Fallrückzieher bezüglich ihres so dramatisch angekündigten Geständnisses: Vielleicht sollte sie es doch dabei belassen, nichts zu sagen, meint sie. Vielleicht sollte sie einfach ihren Mund halten, bietet sie mir an. Ihr Vorschlag: Wir trinken hier ganz gemütlich aus, verabschieden uns, und jeder geht seiner Wege. So hatte ich es mir ursprünglich übrigens auch vorgestellt. Aber plötzlich soll ich so eine Art Machtwort sprechen.

»Eduard, wenn du jetzt sagst, mein Geheimnis soll mein Geheimnis bleiben, dann bleibt es mein Geheimnis, und du wirst nie etwas davon erfahren.«

Zwischenfrage: Hat irgendein mit zumindest rudimentären Ansätzen von Gefühlen wie Neugierde ausgestatteter Mensch in so einer Situation schon einmal ein Geheimnis ein Geheimnis bleiben lassen? Ich werde nicht der erste sein.

»Komm, sag schon, einfach raus damit, so schrecklich wird es ja nicht sein«, sporne ich sie an.

»Bist du sicher?«

Nein, aber das macht ja den Nervenkitzel aus. Deshalb sage ich natürlich: »Ja.«

»Also gut.«

»Ja? Ich höre?«

»Ich habe von Anfang an gewusst, dass du Eduard Brünhofer bist.«

Aha. Ich lasse es kurz auf mich wirken und frage dann zur Sicherheit nach.

»Das hast du gewusst?«

»Ja.«

Okay. Sie hat es gewusst. Gut. Es hätte schlimmer kommen können. Somit bin ich in meiner ersten Einschätzung ihres allerersten Blickes übrigens völlig richtiggelegen. Aber rätselhaft bleibt so manches trotzdem, einiges passt hier nicht zusammen.

»Das heißt, ich habe dich gar nicht an deinen Englischlehrer erinnert?«

»Doch, das auch, ein bisschen.«

»Aber du hast gleich gewusst, wer ich bin?«

»Ja.«

»Warum dann zuerst der Englischlehrer?«

»Ich wollte sehen, wie du darauf reagierst.«

»Worauf?«

»Wenn dich jemand nicht erkennt.«

Wie habe ich darauf reagiert? Ich finde, ich habe gut darauf reagiert.

»Machst du öfter solche Spielchen?«

»Nur bei dir.«

»Warum?«

»Das will ich dir ja gerade erklären.«

»Dann erklär es mir.«

Tut sie aber nicht. Sie greift stattdessen zur Wasserflasche, zieht kräftig an, behält die Portion lange im Mund, spült herum. Wird sie auch noch gurgeln? Nein, sie schluckt endlich runter.

»Du hast mich also gleich erkannt«, sage ich, um Tempo in ihre schleppenden Ausführungen zu bringen.

»Ja. Das war auch nicht so schwer.«

Lächeln zwei, halb ironisch. Ein paar Sekunden erfreue ich mich an meiner scheinbar ungebrochenen Prominenz trotz chronischen Schattendaseins. Doch dann kommt die niederschmetternde Anfügung: »Ich wusste nämlich, dass du in diesem Zug sitzen wirst.«

»Ah so? Das wusstest du?«

»Ja.«

»Woher?«

»Von …«

Sie zögert.

»Ja?«

»Von jemandem.«

Sie zaudert.

»Von wem?«

Sie hält inne, nimmt Anlauf und sagt: »Von Richard.«

»Richard?«

»Ja.«

»Von deinem Lover?«

»Er ist nicht mein Lover. Er ist ein Freund, mit dem ich gelegentlich Sex habe. Genau so, wie ich es dir erzählt habe. Das stimmt alles. Jedes Wort. Ehrlich. Ich schwöre.«

Ich brauche jetzt einen kräftigen Schluck. Nein, nicht Wasser.

»Wieso weiß dein Richard, in welchem Zug ich bin? Was hat dieser Richard mit mir zu tun?«

»Das ist ein bisschen kompliziert.«

»WER IST RICHARD?«

Ich habe es, und dazu stehe ich, in der Bedeutung von »Who the hell is …« oder sogar »Who the fuck is Richard« gesagt, auch in der entsprechenden Lautstärke. Denn langsam wittere ich, meine Hinterbeine kribbelnd hinauf und meinen Rücken kriechend hinunter, so etwas wie organisierte Verarschung seitens meines Gegenübers.

Noch einmal probiert sie es mit ihrer Hinhaltetaktik. Sie erklärt mir, dass ihr anschließendes umfassendes und reumütiges Geständnis aus zwei Teilen bestehen werde. Vor allem Teil eins sei ihr äußerst unangenehm. Teil zwei berge aber etwas Hoffnungsvolles in sich. Wenn ich Teil eins einmal überstanden hätte, dann würden sich mit Teil zwei plötzlich ganz neue Perspektiven für mich eröffnen.

Ich unterbreche sie ja nur ungern, wenn sie sich so sehr bemüht, mit gewählten Worten etwas Bestimmtes nicht zu sagen, nämlich das Wesentliche, aber langsam würde ich schon ganz gerne wissen, nein, ich würde es ganz gerne schnell wissen, kurzum: Ich will es sofort wissen, auf der Stelle, und zwar jetzt.

»Catrin, was wird da gespielt?«

»Ich sage es dir, aber du wirst mich hassen.«

»Das nehme ich gern in Kauf.«

In der Zwischenzeit hat sich der Zug von München Ost, wo er vermutlich auf Anschlusszüge gewartet hat, in Richtung München Hauptbahnhof in Bewegung gesetzt. Uns bleibt also nicht mehr viel Zeit. Catrin hat den Ernst meiner Lage beziehungsweise meiner Laune erkannt und spricht nun beinahe flüssig und in aufklärerischer Absicht.

Ich fasse zusammen:

Richard ist der Schwager von Günther. Wer ist Günther? Günther Friedfelder. Den Namen kenne ich. Ja, ich kenne sogar den Menschen hinter dem Namen, und zwar seit vielen Jahren. Günther Friedfelder ist mein Lektor. Er ist die rechte Hand oder, sagen wir, die linke Hand, weil er eher linkisch veranlagt ist, meiner Verlegerin Evelyn Weber. Da Evelyn wusste, dass ich in diesem Zug sitzen würde, erfuhr es auch Günther. Günther leitete es an seinen Schwager Richard weiter. Der erzählte es brühwarm Catrin, möglicherweise zwischen Bett und Badewanne.

Vielleicht noch eine Anmerkung zu Amelie. Das ist die Verlagspraktikantin. Sie hat meinen Sitzplatz im Zug reserviert. Sie hat dem Lektor die Reservierungsnummer weitergeleitet, der hat die Information an seinen Schwager weitergegeben, der Schwager hat seine außereheliche Liebschaft Catrin davon in Kenntnis gesetzt, wir ahnen, wo ungefähr. Und Catrin hat sich den Sitzplatz gegenüber von mir ausgesucht und so getan, als würde sie mich nicht kennen. Ein feiger Hinterhalt einer feinen Gesellschaft!

»Und wozu das Ganze?«

»Ich wollte dich kennenlernen«, sagt sie.

»Warum?«

»Ich wollte es einfach. Hasst du mich jetzt dafür?«

»Dafür nicht. Aber für dein Lügengebäude. Was soll das? Wie komme ich mir denn jetzt vor? Ich breite vor dir mein halbes Seelenleben aus. Ich beantworte sämtliche deiner seltsamen Fragen. Ich vertraue dir meine persönlichsten Dinge an. Und du spielst mir die ganze Zeit etwas vor.«

»Entschuldige«, sagt sie.

Den Augenaufschlag kenne ich von Tanja.

»Was soll ich entschuldigen? Was willst du eigentlich? Was interessiert dich so an mir?«

»Alles«, sagt sie.

Obwohl ihr zur perfekten Stalkerin zumindest der obsessiv-irre Blick, der Drang zur Besessenheit fehlt.

»Aber wieso? Du hast ja nicht einmal meine Bücher gelesen.«

»Doch«, sagt sie.

Kaum hörbar, aber umso eindringlicher.

»Du hast meine Bücher gelesen?«

»Also, ich habe einige deiner Bücher … quergelesen.«

»Quergelesen«, wiederhole ich erschüttert.

Ein furchtbarer Ausdruck. Der Inbegriff der Leselustlosigkeit. Ein Todesurteil für jedes Buch. »Querlesen« – das machen Literaturkritiker in diebischer Vorfreude auf ihren saftigen Verriss a priori gering geschätzter Werke gering geschätzter Autoren. Denn »querlesen« bedeutet: seine im Halbschlaf befindlichen Augen im Schleudergang über die Seiten eines zu Tode langweilenden Textes jagen, um nachher drei abfällige Worte über den Inhalt verlieren zu können.

Meine Achtung vor Catrin sinkt dementsprechend minütlich. Und da hilft nicht einmal ihr schuldbewusster, um Nachsicht winselnder Dackelblick von ganz unten zu mir hinauf.

Jetzt ist sie sichtlich um Schadensbegrenzung bemüht, schenkt mir erstens Sekt nach und sagt zweitens: »Du schreibst wunderbare Bücher, ehrlich.«

Das Wort »ehrlich« aus ihrem Mund hat für mich freilich bereits satirischen Charakter: weder lustig noch ernst, eher lachhaft. Ich überlege, ihr wieder das Du-Wort zu entziehen und auf »Frau Meyr« umzusteigen, sofern das überhaupt ihr echter Name ist. Jedenfalls ist mir diese Frau innerhalb kürzester Zeit fremd geworden. Fremd und hochgradig suspekt.

»Eduard. Ich weiß, ich habe dich ganz ordentlich angeschwindelt. Aber ich habe es nicht grundlos getan, es gibt einen tieferen Sinn«, sagt sie.

»Dann nenn mir den Grund oder den tieferen Sinn oder von mir aus auch einen seichteren Sinn oder Grund, aber nenn ihn mir endlich!«

Das war ein Befehl, und um ihm nachzukommen, vollzieht sie jetzt eine auf den ersten Blick eher eigenwillige Handlung. Sie greift zu ihrer am Sitz lehnenden Riesenhandtasche hinüber, öffnet den Zippverschluss des mir zugewandten äußeren Seitenfachs, wo Gina normalerweise ihr kleines Kosmetiktäschchen unterbringt. Sie aber zieht ein silbergraues metallenes Ding heraus und drückt es mir wortlos in die Hand.

»Was ist das?«, frage ich.

»Es gehört dir, ich schenke es dir.«

Von mir fremd gewordenen Personen nehme ich ungern undefinierbare Geschenke an.

»Was ist das?«, wiederhole ich.

Ich könnte es mir natürlich anschauen, dann wüsste ich es vermutlich gleich. Aber dazu fühle ich mich nicht verpflichtet. Sie soll es sagen. Es ist ihr Ding, ich will nichts damit zu tun haben.

»Also, was ist das?«

»Ein Aufnahmegerät.«

Ein Aufnahmegerät.

»Ein Aufnahmegerät?«, frage ich.

»Ja. Es gehört dir.«

»Warum?«

»Weil die Aufnahme jetzt dir gehört«, sagt sie.

»Welche Aufnahme?«

»Die Aufnahme unserer Reise.«

»Wie bitte?«

»Die Aufnahme unseres Gesprächs während unserer Reise.«

Sie drückt mir mein Glas Sekt in die freie Hand für mein mentales Gleichgewicht.

»Du hast …«

»Ja. Ich habe …«

»Du hast unser Gespräch aufgezeichnet?«

»Ja.«

»Was davon?«

»Alles.«

»Was alles?«

»Alles. Unsere gesamte ungefähr vierstündige Unterhaltung.«

»Die hast du aufgenommen?«

»Ja.«

»Bist du wahnsinnig?«

»Nein, im Gegenteil, ich bin sogar sehr klar bei Sinnen.«

Sie kann wieder lächeln, Variante fünf, gerümpfte Nase, Schulmädchenstreich. Im Ton ist sie zu ihrer alten Saloppheit zurückgekehrt. Es dürfte gerade eine riesige Last von ihr abgefallen sein. Oder hinübergekippt, nämlich direkt auf mich.

»Warum tust du das?«, frage ich.

»Das war eine spontane … oder auch weniger spontane … Das war eine Idee von mir.«

»Was für eine Idee? Was bezweckst du damit?«

»Ich? Gar nichts. Ich sage ja: Die Aufnahme gehört dir. Du kannst damit machen, was du willst. Du kannst das Gerät zum Fenster hinauswerfen. Oder in den nächsten Müllbehälter stecken. Du kannst es aber auch für dich behalten. Als Dokument. Als Erinnerung. An unsere Zugfahrt.«

Dass ich mich an diese Zugfahrt erinnern wollen werde, halte ich derzeit für eher unwahrscheinlich.

»Oder …«

Das hat sie natürlich gleich so betont, dass ich automatisch zur Rückfrage gezwungen bin.

»Oder was?«

»Da gäbe es noch eine Möglichkeit.«

Sie lächelt erneut. Ich orte markante Elemente ihres Lächelns Variante eins. Aber diesmal irrt sie. Was auch immer es ist, was sie will, von mir kriegt sie es nicht.

»Was für eine Möglichkeit?«

»Die Möglichkeit, dass ich dir einen Vorschlag mache.«

Das wäre an sich denkmöglich, möglicherweise werde ich aber darauf verzichten. Bei dieser Frau lauert hinter jedem Vorschlag ein Rückschlag. Also gehe ich lieber vorsichtig vor und frage: »Was spricht dafür, dass ich mir deinen Vorschlag anhöre?«

»Dass ich dir damit helfen könnte. Vorausgesetzt, du willst dir helfen lassen. Willst du dir helfen lassen?«

»Von dir?«

»Ja.«

Bauchgefühl: eher nein.

»Helfen wobei?«, frage ich.

»Dein Problem zu lösen.«

»Welches Problem?«

Habe ich ein Problem?

»Dein Münchner Problem.«

Okay, mein Luxusproblem.
»Wie willst du mir dabei helfen?«
»Da müsste ich etwas länger ausholen«, sagt sie.

Schlechter Zeitpunkt.
SEHR GEEHRTE FAHRGÄSTE, IN KÜRZE ERREICHEN WIR MÜNCHEN HAUPTBAHNHOF.

»Darf ich dich draußen auf ein Getränk einladen? Oder hast du es eilig?«, fragt Catrin Meyr.
Da muss ich nachdenken.

LADIES AND GENTELMEN, WE SOON ARRIVE MÜNCHEN HAUPTBAHNHOF.

# München Hauptbahnhof

»Also, es stimmt, dass ich Therapeutin bin«, sagt Catrin.

Traurig genug, dass sie mit den Wahrheiten beginnen muss, die sind offenbar schneller aufgezählt als ihre Lügen.

Wir befinden uns in einem an sich hübschen und in relativ hellem Holz gehaltenen Steh-, Hock- und Hochsitz-Café namens »A Little Lost« direkt am Bahnhof. Zum Namen äußere ich mich nicht, das war reiner Zufall, und zwar deshalb, weil ich selbst das Lokal gewählt habe. Bei Catrin wäre ich mir da nicht so sicher gewesen.

Sie hat einen typisch oberbayerischen Cappuccino vor sich stehen, eine Riesentasse, wo sie oben in den Schaum mit der Schablone so eine hübsche weiße Gebirgsblume in die Kakaopulverschicht eingearbeitet haben.

Ich trinke, entgegen meinen Gepflogenheiten, einen sogenannten Radler, halb Bier, halb Zitronenlimonade, also halb alkoholisch. Weil ich mich selbst beim Wort nehme, dass Alkohol einem Konsumenten wie mir immer die vorherrschenden Gefühle verdoppelt. Das will ich mir momentan nicht antun. Die rechnerische Überlegung: Bei einem gänzlich alkoholfreien Getränk würden sich meine Gefühle halbieren, das riskiere ich auch lieber nicht. Bei einem halb alkoholischen bleiben sie vermutlich in etwa gleich. Damit kann ich leben.

Mein Plan für »A Little Lost« ist folgender: Ich höre mir Catrins

Geschichte zu Ende an. Danach teile ich ihr noch einmal mit, dass ich ziemlich enttäuscht bin, weil sie mir erstens mindestens einen Grizzlybären aufgebunden und mich zweitens, völlig sinnentleert, stundenlang abgehört hat. Ich will aber nicht nachtragend sein. Unsere Fahrt war kurzweilig und immer für Überraschungen gut. Jetzt ist es wohl an der Zeit, Abschied zu nehmen. Catrin, oder wie immer du heißen magst, lebe wohl und sei zukünftig ein bisschen ehrlicher zu deinen Mitmenschen. Viel Spaß mit Richard. Habe die Ehre. Baba und foi net, wie wir Wiener sagen. (Für München: Tschüss, und komme nicht zu Sturz.)

»Also, es stimmt, dass ich Therapeutin bin«, sagt sie.

Und gleich im Nachsatz die Einschränkung: Sie übt ihren Job derzeit nur auf Sparflamme aus. Eine andere Beschäftigung ist in den Mittelpunkt ihres Berufslebens und in den Brennpunkt ihrer Leidenschaft gerückt. Würde ich mich für zeitgemäße kommunikative Ausdrucksformen interessieren, würde ich es wissen. Catrin ist ein gefeierter Star. Dreimal darf ich raten, wo sie gefeiert wird. Einmal genügt mir. Natürlich auf Social Media und im weltweiten Web. Jetzt, wo ich es weiß, fällt es mir nicht schwer zu bemerken: Genau so schaut sie auch aus.

»Und was machst du dort?«

Früher hat man gefragt, was jemand im Urlaub macht. Heute fragt man, was jemand im Internet macht.

»Einen Podcast«, sagt sie.

»Podcast«, wiederhole ich.

Ich spreche dieses Wort gerne aus. Es gefällt mir. Immer schon, das heißt, seit schätzungsweise fünfzehn Jahren, als ich erfahren habe, dass es so etwas gibt.

»Podcast« ist ein phonetischer Leckerbissen. Ähnlich wie »Ruhrpott«, aber fast noch ausdrucksstärker. Sowohl in »Podcast« als auch in »Ruhrpott« steckt dieses wunderschöne »pott« von »potthässlich«. In »Ruhrpott« kommt dann noch die »Ruhr« dazu, die heftige, deftige Durchfallerkrankung. Damit übertreibt es der »Ruhrpott« ein wenig.

Bei »Podcast« aber wird begriffsintern elegant verstärkt. Da haben wir »Cast« wie Karst, die schier unendliche steinerne Wüste. Karg und potthässlich vom Bergscheitel bis zur Talsohle. So richtig – Podcast. Ein prächtiges Wort.

»Ja, ich habe einen eigenen Podcast«, sagt sie.

Das wirft mich inhaltlich jetzt nicht um. Wer heute keinen eigenen Podcast hat oder nicht wenigstens fünf Menschen persönlich kennt, die einen haben, lebt – so wie ich – auf einem anderen Planeten, auf dem vorherigen, wo Journalismus noch ein seriöser und einträglicher Brotberuf war. Heute dient er eher nur als Zeitvertreib für wichtigtuerische und sensationsmitteilungsfreudige Massen-User beziehungsweise User-Massen.

»Ich will nicht unbescheiden sein«, sagt Catrin.

Dazu ihr Lächeln, Variante drei. Kurzum: Sie will nichts anderes als unbescheiden sein.

»Mein Podcast hebt momentan total ab.«

»Gratuliere«, sage ich.

Das kam jetzt nicht unbedingt aus allertiefster Seele, gebe ich zu.

»Mein Podcast ist seit Monaten unter den Top Ten der meistgehörten in Deutschland. Und in Österreich sogar auf Platz drei.«

»Tüchtig. Und wie heißt er, dein Podcast?«

»Cat privat.«

»Cat privat«, wiederhole ich.

Ein guter Titel, sehr passend. Für mich völlig neu. Aber Gina kennt ihn sicher. Gina liebt nämlich Podcasts. Sie hat extra deswegen wieder mit dem Bügeln angefangen, obwohl wir kaum Bügelwäsche besitzen. Jetzt bügelt sie auch bügelfreie Hemden, die sie vorher aufwendig in Falten legt, nur damit sie Stoff hat, um ungestört bügeln und zuhören zu können. Ihre Lieblingsthemen: Verbrechen und Tratsch. Damit deckt sie praktisch das gesamte Weltgeschehen global wie auch universal ab.

»Und so bin ich auf dich gekommen«, sagt Cat.

Spontan zwei drängende Nachfragen von mir.

»Wie?«

Und vor allem: »Wieso?«

Dazu muss ich wissen, und jetzt erfahre ich es auch: In »Cat privat« unterhält sich Catrin mit prominenten Persönlichkeiten aus Kunst, Kultur, Küche, Keller, Politik und Klo – Verzeihung, das war untergriffig – über private und ganz persönliche Dinge. Um ein plakatives Beispiel mit selbstverständlich gigantischen Zuhörerquoten zu nennen: Catrin spricht mit Starchirurg Rupert Abraham über die Gefühlsexplosion, die sich ereignet, wenn man das erste Mal ein Herz in der Hand hat.

Ich hingegen habe soeben meinen zweiten Radler in der Hand. Und im Inneren geht mir langsam ein immer heller leuchtendes Licht auf. Emotional befinde ich mich in einer kniffeligen Vertikalen, die ich, in steter Absturzgefahr, entlangklettere, als wäre ich gerade in der atemberaubenden Boulderwelt zu München Ost. Nach außen hin gebe ich mich sachlich, gelassen und kooperativ. Catrin soll einmal zu Ende erzählen.

Sie ist also, was »Cat privat« betrifft, aus noch nicht näher dargelegten Gründen, die freilich nicht so schwer zu erahnen sind, auf mich gekommen. Wie geht sie taktisch vor? Sie fragt Richard, ob er ihr eine Rutsche zu meinem Verlag legen kann.

Kurze Begriffserklärung für München:

1. »Eine Rutsche legen« ist urösterreichisch und bedeutet Freunderlwirtschaft.

2. »Freunderlwirtschaft« ist urösterreichisch und bedeutet: jemanden zu kennen, der jemanden kennt, der einem weiterhelfen kann.

3. Jemanden zu kennen, der jemanden kennt, der einem weiterhelfen kann, ist urösterreichisch.

Richard hat der Urösterreicherin Catrin also die Rutsche zu seinem Schwager, meinem Lektor Günther Friedfelder, gelegt, und Günther hat die Rutsche weiter zu meiner Verlegerin Evelyn Weber gelegt. Selbstverständlich alles hinter meinem Rücken.

Nach gemeinsam vollzogener Rutschpartie ist man via Zoom-Konferenz zu der Erkenntnis gelangt, dass es eine großartige Idee und ein marketingmäßiger Jackpot für den Verlag und mich als Autor wäre, wenn ich mich zu einem Podcast-Special von »Cat privat« hinreißen ließe.

Das Thema war sofort gefunden: Catrin spricht mit dem (ehemals) gefeierten Liebesromanautor Eduard Brünhofer über – nein, nicht über den Alkohol – die Liebe.

Über die Liebe. Punkt.

Über die Liebe. Punkt.

Über die Liebe. Ich verstehe. Dutzende Glöckchen klingeln gleichzeitig in meinem Kopf. Alle Lichter sind erleuchtet. Ich nehme mein Herz in die Hand und flüstere still und andächtig vor mich hin: Ruhrpott. Jackpot. Podcast. Alles klar.

Es gab nur ein Problem, und das haben die Münchner mit freiem Auge sofort erkannt: Da wird der Herr Brünhofer wahrscheinlich nicht mitspielen. Dem braucht man erst gar nicht mit der Liebe daherzukommen. Der macht solche Dinge nicht. Der gibt keine Interviews. Der spricht nicht über Privates. Der geht nicht an die Öffentlichkeit. Der erzählt keine Geschichten. Der schreibt höchstens Bücher und zuletzt nicht einmal das.

Aber Catrin, Podcast-Charts-Gipfelstürmerin und Lächlerin eins, die normalerweise kriegt, was sie verlangt, gab sich kämpferisch. Sie wollte es wenigstens probieren.

Und dann muss sich via Zoom Wien–München etwa folgender Dialog zugetragen haben:

Evelyn: »Wenn wir ihn fragen, wird er sofort Nein sagen.«

Cat: »Soll ich ihm ein Mail schreiben?«

Evelyn: »Er schaut nicht in sein Postfach.«

Cat: »WhatsApp?«

Evelyn: »Hat er nicht.«

Cat: »Signal?«

Günther: »Kennt er wahrscheinlich nicht einmal.«

Cat: »Anrufen?«

Evelyn: »Anrufe nimmt er nicht an.«

Cat: »Mailbox?«

Günther: »Hört er nicht ab.«

Evelyn: »Aber er hat demnächst einen Termin bei uns in München.«

Cat: »Gut. Vielleicht kann ich ihn zwischendurch irgendwo treffen?«

Günther: »Er wird nirgendwo hinkommen.«

Cat: »Dann muss er eben schon wo sein.«

Evelyn: »Wo?«

Cat: »Eventuell im Zug?«

Evelyn: »Im Zug. Ja, das ist gut. Da kommt er an Ihnen nicht vorbei.«

Günther: »Aber er wird trotzdem nicht mitmachen.«

Evelyn: »Stimmt. Wenn Sie ihn fragen, wird er Nein sagen.«

Schweigen. Alle denken nach.

Cat: »Ich hab eine Idee!«

Günther: »Ja?«

Cat: »Es ist sogar eine Wahnsinnsidee.«

Günther: »Ja?«

Cat: »Es wäre ein richtiges Experiment.«

Evelyn: »Und zwar?«

Cat: »Ich frage ihn erst nachher.«

Evelyn: »Wie nachher? Nach was?«

Cat: »Nachdem wir es gemacht haben.«

Günther: »Was?«

Cat: »Das Gespräch für unseren Podcast.«

Evelyn: »Sie wollen das Gespräch geheim führen?«

Günther: »Sie wollen es heimlich aufnehmen?«

Cat: »Ich kann es ja einmal probieren. Und wenn es gut wird, frage ich ihn. Nachträglich.«

Da liegt nun das silbergraue Kästchen, das Corpus Delicti, zwischen Kaffee und Bierlimonade vor uns auf dem Tisch im Bahnhofscafé und weiß nicht so recht, wo es hingehört. Catrin beäugt es mit ihrem Moosblick wie frisch verliebt. Und sie sagt: »Eduard, es ist selbstverständlich ganz allein deine Entscheidung.«

Das beruhigt mich. Aber was genau ist meine Entscheidung?

»Du bestimmst, was damit geschieht.«

Das habe ich bereits. Das Ding wird verschwinden. Was sollte sonst noch geschehen? Meiner Meinung nach ist schon mehr als genug geschehen, die Hälfte davon war Lug und Trug – Catrins Hälfte. Aber nun hätte ich es trotzdem gerne von ihr gehört. Um keine falschen Hoffnungen aufkommen zu lassen, greife ich besser gleich zu einem etwas härteren Konjunktiv, zu einer Unmöglichkeitsform und sage: »Du hättest also allen Ernstes …«

»Ja.«

»Du hättest das wirklich verwertet, wenn es nach dir gegangen wäre?«

»Ja.«

»Du hättest daraus tatsächlich einen Podcast machen wollen?«

»Ja. Genauer gesagt eine Podcast-Serie. Mir schweben drei Teile vor. Eduard, bitte, wir haben vier Stunden Gespräch«, beschwört sie mich. »Wir haben unglaubliches Material.«

»Material wovon?«

Mein Kopf ist leer.

Da hilft sie meinem Gedächtnis gern auf die Sprünge, das erklärt sie mir gleich ganz genau.

Und dabei lerne ich sie als entfesselte Rednerin kennen. Eine, die in einem Wahlkampf neunzig Prozent der Unentschlossenen auf ihre Seite ziehen könnte. Leider ist sie bei mir auf einen bereits fest Entschlossenen gestoßen.

»Eduard, du hast großartige Dinge gesagt. Glaub mir, das war absolute Spitzenklasse. Das wird mein bester Podcast jemals. Die Leute werden ihn lieben. Das Publikum wird dich verehren. Und weißt du, warum? Es ist alles echt, was du sagst. Da sind so viele kluge Sätze dabei, so viele kleine Weisheiten. Allein, wie du über Regina sprichst. Wie ihr euch kennengelernt habt. Wie gut ihr das hingekriegt habt mit eurer Tochter. Worauf es in einer dauerhaften Partnerschaft ankommt. Dieses Drei-Dingsda-Modell. Worum es in einer Ehe geht. Das ist schön und berührend. Besser als jedes erfundene Buch. Versteh mich nicht falsch, du hast tolle Romane geschrieben.« (Sie muss es wissen, sie hat sie ja quergelesen.)

Aber das hier ist eine echte Liebesgeschichte, nämlich deine eigene. Die Leute wollen die Wahrheit hören.« (Das kann ich bestätigen.)

»Sie wollen den Menschen hinter dem berühmten Autor entdecken. Sie wollen wissen, wer Eduard Brünhofer ist. Wie er denkt. Wie er lebt. Wie er liebt. Wie er seine Romane geschrieben hat und warum er keine solchen Romane mehr schreiben will. Das alles können wir ihnen bieten. Das und noch viel mehr.« (Sex war auch reichlich dabei, kann ich mich dunkel erinnern. Und jetzt begreife ich auch, warum.)

»Natürlich verwenden wir nur, was du freigibst. Hör es dir daheim in aller Ruhe an. Red mit Regina. Und mit Tanja. Und …« (Den Alpakas?)

»Und kürzt bitte alles heraus, was euch stört.« (Da wird dann nicht viel übrig bleiben.)

»Meine Meinung dazu: Den Anfang würde ich ungeschnitten lassen, der ist perfekt. Die Passagen mit dem italienischen Fahrgast sollten wir unbedingt drinnen behalten, das ist ein Gustostückerl, da werden sich die Leute königlich amüsieren. Und natürlich können wir jederzeit nachjustieren, noch etwas Neues dazunehmen. Da setzen wir uns einfach noch einmal zusammen und plaudern gemütlich. Da kann auch Regina gern dabei sein.« (Die wird eine Freude haben!)

»Catrin.«

»Catrin!«

Ich benötige drei Anläufe, um ihren schwülstigen Werbefeldzug zu stoppen.

»Catrin, ich will dich in deiner Euphorie ja nicht bremsen«, bremse ich sie in ihrer Euphorie. »Aber gestatte mir eine kurze Zwischenfrage.«

»Ja?«

»Warum um alles in der Welt sollte ich dazu JA sagen?«

»Weil es … weil es einfach ein Wahnsinnsprojekt ist.«

Ich erkenne darin eher nur den Wahnsinn.

»Was hätte ich davon?«

»Was du davon hast?«

»Hättest.«

»Hast. Du hast enorm viel davon, das garantiere ich dir.«

»Und was?«

»Soll ich dir eine Zahl nennen?«

»Von mir aus. Du kannst sie auch zeichnen. Oder vorsingen.«

»Hunderttausend.«

»Hunderttausend was?«

»Hunderttausend Euro.«

»Hunderttausend Euro?«

»Hunderttausend Euro!«

»Für mich?«

»Für dich.«

Bravo. Das klingt fast schon nach einem brauchbaren Argument, wenn auch in Windeseile widerlegbar:

»Hunderttausend Euro für einen Pod… einen Podcast? Wer soll mir das bezahlen? Für wen soll ich Werbung machen? Parship? Elitepartner? Die Autoren-Senioren-Singlebörse? Hast du da Beziehungen? Oder willst du mich schon wieder verarschen?«

Aber nein. Davon ist sie mittlerweile angeblich weit entfernt, sie meint es offenbar tatsächlich ernst.

»Ich will deinem Abendtermin nicht vorgreifen«, greift sie meinem Abendtermin vor. »Aber ich kann dir schon jetzt verraten, was sie dir anbieten werden. Ich darf das. Ich bin über alles informiert. Ich habe vorhin im Zug mit deiner Verlegerin telefoniert. Ich habe ihr ein paar Details aus unserem fantastischen Gespräch erzählt. Und sie ist hellauf begeistert. Sie hat von sich aus sofort grünes Licht für unser Doppelprojekt gegeben. Das soll ich dir ausrichten.«

»Doppelprojekt?«

Mich überfordert bereits die mir bekannte Hälfte des vermeintlichen Doppelprojekts.

»Ja, das Beste habe ich mir für den Schluss aufgehoben. Die dreiteilige Podcast-Serie soll gleichzeitig nämlich auch als Buch erscheinen. Als der neue, längst angekündigte und für Herbst vorgesehene neue Brünhofer, den du ihnen schuldest. Unser Gespräch im Originalton mit deinen Gedanken dazu, deinen persönlichen Bemerkungen. Über das Schreiben. Über das Publikum. Über die Satire. Über die Liebe.«

»Über den Alkohol?«, frage ich.

»Ja. Sicher. Was immer dir wichtig ist und zu unserem Dialog passt. Da kannst du dich ordentlich austoben. So richtig Marke Eduard Brünhofer. Da kannst du dir alles von der Seele schreiben.«

Da könnte ich mir tatsächlich einiges von der Seele schreiben, da hat sie allerdings recht.

»Und das schaffst du ganz bestimmt mühelos in vier Wochen. Damit hast du deinen gesamten Vorschuss gerettet. Problem gelöst. Alle sind glücklich«, sagt Catrin.

Wir sitzen eine Weile stumm da und beobachten uns gegenseitig beim Nachdenken und In-die-nähere-Zukunft-Blicken. Bei mir ist auch noch die jüngere Vergangenheit dabei, da horche ich in mich hinein und stelle fest, dass ich mich teils billig verraten, teils teuer verkauft fühle.

Und akut zur Gegenwart: Was mir an Catrin gerade so überhaupt nicht gefällt, ist ihr dominant gewordenes, raumgreifendes, sattes triumphales Lächeln eins, ihre unerschütterliche Siegesgewissheit.

»Da habt ihr euch ja einen perfekt ausgeklügelten Plan zurechtgelegt«, sage ich schließlich.

»Ich schäme mich, dass es so ein bisschen hintenherum war. Aber wir haben es vor allem auch für dich getan«, erwidert sie.

Ihr Lächeln eins wird kurz von Lächeln drei, vollironisch, unterbrochen. Ich glaube ihr kein Wort und beschließe spontan, mir das Beste ebenfalls bis zum Schluss aufgehoben zu haben.

»Es gibt da nur leider einen kleinen Schönheitsfehler«, merke ich an.

Ich zwinge mich zu größtmöglicher Betretenheit.

»Und der wäre?«, fragt sie.

Ich krame mein Handy hervor, suche das Symbol »Kamera« und beabsichtige, auf diese mir eher ungeläufige Art ein Foto von ihr zu machen, einen richtigen Schnappschuss, wie ihr gerade die Kinnlade runterfällt. Aber so weit sind wir noch nicht.

»Es betrifft Gina«, sage ich.

»Regina?«, fragt sie.

»Ja. Wie soll ich es dir sagen?«

»Am besten geradeheraus«, meint sie.

Ich lasse mir Zeit.

»Okay, ich muss gestehen …«

»Ja?«

»Ich habe dir in unserem persönlichen Gespräch auch nicht immer die volle Wahrheit gesagt.«

Ich merke, wie von ihrem Lächeln schon ein bisschen Selbstzufriedenheit abbröckelt, beginnend an den Mundwinkeln, langsam übergreifend auf die Unterlippe.

»Beziehungsweise habe ich dir einen vielleicht nicht unwesentlichen Teil der Wahrheit bisher vorenthalten.«

»Was meinst du damit?«

Jetzt wird sie leicht nervös.

Ich gönne mir eine längere Pause, genehmige mir einen letzten halb alkoholischen Schluck aus dem Limonadenglas. Und dann sage ich es offen heraus.

»Gina und ich, wir haben uns vor wenigen Wochen in beiderseitigem Einvernehmen getrennt.«

»Nein«, sagt sie.

Danach sagt sie »Nein« und danach »Nein«, jeweils eine Terz höher.

»Tut mir leid«, erwidere ich.

Ich ziehe mein Handy hoch, nehme Catrin ins Visier und drücke einige Male auf den runden weißen Kreis. Wenn es mir geglückt ist, habe ich soeben ein außergewöhnliches Fotodokument geschaffen: Cat privat, »A Little Lost«, ganz ohne Lächeln. So will ich sie gerne in Erinnerung behalten.

»Eduard, bitte sag, dass es nicht wahr ist«, fleht sie mich an.

Natürlich ist es nicht wahr. Denn auch ich kann lügen. Und ich merke gerade, wie viel Spaß es mir macht.

# Nachwort

*Lektor Günther Friedfelder, München, vier Wochen später.*

Lieber Edi,

tausend Dank für deinen wundervollen Text. Wir werden viel Freude damit haben und an unsere früheren Erfolge anschließen. Glückwünsche auch von Evelyn. Jetzt heißt es, weiter konzentriert daran arbeiten.

In der Anlage schicke ich dir erste Anmerkungen zur Bearbeitung des Manuskripts. Die gründliche Korrektur mit allen Verbesserungsvorschlägen kriegst du Ende dieser Woche. Ich ersuche dich, rasch zur Umsetzung zu schreiten. Uns bleibt, wie du weißt, nicht viel Zeit, bevor wir in Druck gehen.

Bei der groben Durchsicht des Textes fallen mir einige Worte auf, zumeist Füllwörter, die du inflationär verwendest. Ich liste mal aus dem Gedächtnis auf. Relativ. Eher. Möglicherweise. Wahrscheinlich. Vielleicht. Eigentlich. Natürlich. Also. Ehrlich gesagt. Einfach. Nämlich. Ziemlich. Praktisch. Da ist zu viel von. Da sollten wir schlanker werden. Auch jede Menge Austriazismen sind darunter, ich streiche sie dir an. Die Passage mit »Schlagobers« und »Sahne« sollten wir weglassen, da wird sich manch einer in Deutschland auf den Schlips getreten fühlen, du weißt ja, wie humorlos wir Piefke sein können.

Dein Reiselexikon der Bahnstationen mit all den Wortspielereien finde ich zwar witzig, aber auch da: zu üppig, zu viel Ballast. Da schweifen wir zu sehr vom Thema ab. »München Ost« in Ortsunkenntnis auf diese Kletterhalle zu reduzieren ist überdies verwegen. Da rufen wir die Bildungsbürger auf den Plan.

Zum großen Thema Liebesbeziehungen: Gratulation! Toll umgesetzt, pfiffige Dialoge und kluge Gedanken. Die spaßigen Bemerkungen zu Catrin Meyr sind einige Male übers Ziel hinausgeschossen. Ich streiche die Textzeilen an.

Zur Liebe fehlen mir noch ein paar schöne Anekdoten aus deinem glücklichen Eheleben. Noch etwas mehr fürs Herz! Das wünscht man sich von dir. Darauf warten deine Leser. Ich zeichne die Stellen an, an denen du sie gut einfügen kannst.

Unser Wermutstropfen im wahrsten Sinne, ich habe lange mit Evelyn diskutiert: dein Liebesbekenntnis zum Alkohol. Edi, das müssen wir herausnehmen. Das funktioniert so nicht. Du kannst nicht durch die Hintertür ein Buchprojekt von dir hereinlassen, dem wir, aus guten Gründen, einen Riegel vorgeschoben haben. Das halten wir für zynisch und geschmacklos gegenüber dem Leserpublikum. Alkohol ist eine der großen Suchtgefahren unserer Gesellschaft, da gibt es nichts schönzureden, da hört sich der Spaß auf. Ich hoffe, du akzeptierst unseren Standpunkt.

Und dann noch ein sehr persönliches Anliegen, bitte streng vertraulich:

Ich bitte dich, die Ausführungen über Richard, die ja auch im Podcast gelöscht wurden, entweder komplett herauszustreichen oder so zu verändern, dass Richards Identität geschützt bleibt. Da geht es um meine Schwester Hilde. Die soll nicht aus dem neuen autobiografischen Bestseller von Eduard Brünhofer erfahren, mit welcher Frau ihr Mann seit zwei Jahren … Du weißt schon, was ich meine.

Zuletzt noch mal ein herzliches Dankeschön, dass du auf unser schräges Last-minute-Angebot eingegangen bist und auch viel Privates von dir preisgegeben hast. Jetzt spucken wir noch für ein paar Wochen kräftig in die Hände, dann dürfen wir uns alle zurücklehnen. Dann ist unser schönes Projekt auf Schienen. Und Catrins einmalige Podcast-Serie wird den Turbo dafür anwerfen. Das hört ein Millionenpublikum, vor allem jüngere Leute. Deren Eltern kriegen dann dein Buch unter den Weihnachtsbaum, die Großeltern zur goldenen Hochzeit.

Herzliche Grüße aus München
Günther

PS: Weil du in deinem Text einmal Sizilien erwähnst und dein Interesse an einer Reise bekundest: Ich besitze privat ein idyllisches kleines Häuschen auf Sizilien, das wir für Freunde günstig vermieten. Wenn ihr beide, du und Gina, mal Lust habt, könnt ihr gerne ein, zwei Wochen dort residieren. Die Insel ist wahrlich traumhaft! Wenn du wieder bei uns in München bist, plaudern wir darüber. Ich kenne Sizilien wie meine Westentasche. Ich kann dir Hunderte Tipps geben! Und es gibt hervorragende Weine …

# Schlusswort

*Autor Eduard Brünhofer, Wien, zwei Stunden später.*

Lieber Günther,

danke für dein insgesamt wohlwollendes Feedback. Über das Wochenende sind wir auf dem Land, Tanja hat Geburtstag, aber am nächsten Montag mache ich mich gleich an die Arbeit. Auf zwei, drei Tage wird es wohl nicht ankommen.

Die Wortwiederholungen kannst du gerne alle anstreichen, ich werde auch wirklich einige davon herausnehmen, damit du zufrieden bist, das verspreche ich dir. Aber bitte unterschätz nicht die Aufrichtigkeit und tiefsinnige Präzision von Wörtern wie: »eher«, »möglicherweise«, »wahrscheinlich« und mit ziemlicher Sicherheit auch »vielleicht«. (Vielleicht ist überhaupt eines meiner Lieblingswörter. »Viel« und »leicht« in einem, das ist hohe Qualität und verspricht doch nie zu viel.)

Die Alkoholsache tut mir weh. Ich weiß, dass sie meinem Publikum zumutbar wäre, aber wenn ihr nicht wollt, was soll ich machen? Da gebe ich mich also geschlagen. Vorerst.

Was deinen Schwager Richard betrifft, bin ich etwas uneinsichtiger. Es war so ungefähr die einzige Geschichte, die Catrin aus ihrem Leben erzählt hat und die auch tatsächlich der Wahrheit entsprochen haben dürfte. Ausgerechnet die soll ich herausnehmen? In einem Buch, in dem sich alles um Authentizität dreht? Aber okay, ich werde Richards Namen ändern. Ich nenne ihn einfach Günther. (Spaß!)

Nun zum Thema Liebe: Da wünschst du dir noch einige zusätzliche Anekdoten aus meinem Eheleben. Günther, tut mir leid, die kriegst du nicht. Ich habe mehr als genug Privates verraten. Ich bin von Catrin überrumpelt worden. Ich hätte vieles nicht gesagt, wenn ich gewusst hätte, dass es öffentlich werden soll.

Weißt du, was Ginas erste Reaktion auf euer Überraschungspaket war? Sie hat gemeint: »Edi, lass es bleiben!« Und zwar nicht ihretwegen. Gina hat überhaupt kein Problem damit, dass ich von daheim erzähle, dass ich hinausgehe mit unseren ganz persönlichen Geschichten. Sie steht dazu, sie hat nichts zu verheimlichen. Aber sie kennt mich, und sie weiß, wie ich über unser Privatleben denke. Das ist kein offenes Buch. Das gehört uns. Das hüte ich wie einen Schatz.

Ich habe Gina und auch Tanja bisher aus all meinen Texten herausgehalten. Das ist meine kleine Familie, mein Ein und Alles, meine Liebe. Wer sie sehen will, muss uns kennenlernen. Wer uns sieht, wird sie erkennen. Ohne Anekdoten.

»Du musst unser Privatleben nicht verkaufen«, sagt Gina. »Wir schaffen das auch ohne das Geld. Wir haben schon andere Hürden genommen.«

Also bitte, Günther. Die Fassung, wie sie jetzt steht, ist, was die Offenbarung »meiner Liebe« betrifft, für mich okay, damit kann ich leben. Aber nichts darüber hinaus! Du wünschst für unsere Leserinnen und Leser »noch etwas mehr fürs Herz«? Da müssen sie zwischen den Zeilen lesen, da findet sich meiner Ansicht nach genug davon.

Apropos Herz, ich habe da noch einen echten Herzenswunsch: Du weißt, ich bin kein Freund von Widmungen, ich habe das noch nie gemacht. Aber diesmal möchte ich. Ich möchte dieses Buch gern Gina widmen. Wenn nicht dieses, welches dann? Also auf einer der ersten leeren Seiten einfach irgendwo klein: »Für Gina«. Geht das? Es wäre mir wichtig. Ich denke, sie wird sich freuen.

Liebe Grüße aus Wien
Eduard

PS: Danke herzlich für dein Sizilien-Angebot. VIELLEICHT kommen wir einmal darauf zurück.

MIX
Papier | Fördert gute Waldnutzung
FSC® C083411

Das bei der Produktion dieses Buches entstandene $CO_2$ wurde durch die Finanzierung von Klimaschutzprojekten kompensiert:
climate-id.com/17531-2110-1001/dew

3. Auflage 2025

Amsterdamer Straße 192, 50735 Köln, info@dumont-buchverlag.de

Umschlaggestaltung: Lübbeke Naumann Thoben, Köln
Umschlagabbildung: © T. S. Harris. All rights reserved 2024/Bridgeman Images
Satz: Angelika Kudella, Köln
Gesetzt aus der Adobe Garamond
Druck und Verarbeitung: CPI books GmbH, Leck
Gedruckt auf säurefreiem und chlorfrei gebleichtem Papier
Printed in Germany
ISBN 978-3-7558-0040-8

www.dumont-buchverlag.de